给生活加点香菜

黄金日◎著

哈尔滨出版社
HARBIN PUBLISHING HOUSE

图书在版编目（CIP）数据

给生活加点香菜 / 黄金日著. — 哈尔滨 : 哈尔滨出版社, 2022.5
ISBN 978-7-5484-6477-8

Ⅰ. ①给… Ⅱ. ①黄… Ⅲ. ①随笔—作品集—中国—当代 Ⅳ. ①I267.1

中国版本图书馆CIP数据核字（2022）第051770号

书　　名：给生活加点香菜
GEI SHENGHUO JIA DIAN XIANGCAI

作　　者：黄金日　著
责任编辑：韩金华
责任审校：李　战
封面设计：树上微出版

出版发行：哈尔滨出版社（Harbin Publishing House）
社　　址：哈尔滨市香坊区泰山路82-9号　　邮编：150090
经　　销：全国新华书店
印　　刷：武汉市籍缘印刷厂
网　　址：www.hrbcbs.com
E-mail：hrbcbs@yeah.net
编辑版权热线：（0451）87900271　87900272
销售热线：（0451）87900202　87900203

开　　本：880mm×1230mm　1/32　印张：7.25　字数：150千字
版　　次：2022年5月第1版
印　　次：2022年5月第1次印刷
书　　号：ISBN 978-7-5484-6477-8
定　　价：49.00元

目 录

第一部分 我思我在 /1

第二部分　商海心路 /109

第三部分　遇　　见 /163

第一部分

我思我在

我
唯一知道的
就是
我什么都不知道

——苏格拉底

破窗

你是不是会碰到这种情况，平常什么事没有，顺风顺水，但某个时间段，倒霉事一件接一件，好像约好了似的，不由得不让人怀疑是不是触了什么霉头。

做某件具体事情的过程中，你是不是也有类似体会：如果开始不出错，后面就很少出错，但是一旦出过一次错，后面就会接连出错，让人应接不暇。

还有，有的人人生前半段一帆风顺，志得意满。但是遇到一起挫折以后，他的人生就发生了不可思议的转折，一下子跌入命运谷底，从此一蹶不振。

以上这些事情有什么共性？为什么倒霉或错事会接连不断，是迷信还是有什么科学依据？答案是这些事情的确存在内在的共性，它们的发生还真有科学依据，这个依据就是心理学上的“破窗效应”。

顾名思义，“破窗效应”一定存在着“破窗”。有个形象的实验，有人将一辆外观完好的小车放在街边，当然所有的窗户玻璃也完好无损。一天，两天，一个月，这样停了很长时间，车子还是完好的，当然车上的玻璃也是。人们再做了一个实验，还是将一辆车子停在同样的路边，不过将其中一个窗户的玻璃敲碎，注意：只是敲碎其中一块玻璃，其他的玻璃还是完整的。不可思议的事情发生了，很短时间——短到一两天内——车上几乎所有的玻璃都被打碎！这就是所谓的“破窗效应”。

“破窗效应”的原理是，如果一个事物存在一个“破窗”，它会诱导人们继续去破坏更多的“窗户”。这种破坏有时是自发的、主动的；有时是外来的、被动的；有时是针对他人的，有时是针对自己的。本书前面提到的倒霉事、错事，当事人是不希望它们发生的，它们之所以接连发生，就是因为广义的“破窗效应”在起作用。

按照“破窗效应”理论，当事人在遭遇了不想遭遇的事情——即“破窗”后，如果采取消极的态度，会诱导事情进一步恶化。消极的态度就是破窗效应的引子。那么，什么样的态度才是消极的态度呢？

一种常见的态度就是破罐子破摔，认为事情已经发生，再也回不去了，心态一下失衡，结果导致更多的“破窗”出现。泰戈尔有句名言：“如果你因为错过了月亮而伤心，那么你将错过群星。”对此我有切身体会。

我记得小时候就发生过一件让我终生难忘的事情。七十年代末那会，普通家的孩子很少有新衣服穿，大部分穿的都是缝缝补补过的旧衣服。有一天，母亲不知什么原因大发善心，给我缝了一身新衣服。我非常开心，也很珍惜。第二天，我就急不可耐地穿了这身新衣服上学，那天下着小雨，路很滑，结果不小心摔了一跤。幸亏我眼疾手快，只是一边袖子和裤腿粘上了少许泥巴。尽管只是弄脏了部分衣服，也不严重，当时我心里还是很难受，边走边埋怨自己怎么这样不小心，结果由于光顾着埋怨自个了，没注意脚底下的路，没走多远，脚底一滑，又摔了个四脚朝天，这下彻底完了，全身的衣服从上衣的袖子到下身的裤腿全弄脏了，我傻眼了：本以为前面那一跤够惨了，没想到更惨的在后头。

这件事看似不大，但还是给当时未成年的我思想上很大的震撼，并影响了我后面的处世观。从此，每当遇到挫折甚至摔跟头的时候，我都下意识提醒自己不要去过多抱怨，更不要后悔，因为我知道抱怨和后悔不能改变已经发生的任何事情，当前最要紧的是如何避免更多、更坏的情况发生。有的人遇到挫折后就一蹶不振，不能不说和他那种破罐子破摔的态度有关系，他不去想命运前面如何一直眷顾他，反而只顾着埋怨某一次命运的不公，那么结局只能越来越坏。很多年少得志的人后来一事无成，都和这种不成熟的心态有关系。

中国台湾作家张晓风曾讲过一位老师的故事，这位老师在激励学生方面很有一套。有个学生，语文成绩一直不好，对此家长和他本人都已经灰心了。有一天，上课的时候，老师故意说自己忘了挖土的“挖”字怎么写，问谁会，台下的同学们纷纷举手，老师特意点了那个自卑的同学上台，让他将那个字在黑板上写出来。那个同学写出来后，老师立即当众很夸张地表扬了他，说他很了不起，竟然会写老师不会写的字。从此，那个同学自信心爆棚，成绩像开了挂似的，节节攀升。老师的一句正向激励的话竟然改变了这个学生未来的命运。

还有一种态度也是消极态度，“破窗”出现后过分谨慎，缩手缩脚，这也会导致情况进一步恶化。新手学车就有这种情况，学车的时候有的教练让学员一定要分清油门和刹车，还特意强调分不清的话会产生严重后果。结果，心理素质差的学员，不提醒还好，教练一提醒反而让他过分紧张，真的频频错将油门当成了刹车。

上述例子与当事人过分紧张的心态有关系，而教练的话更是加剧了这种不正常的紧张。要防止这种情况，思想上要认识到，一次犯错，不等于后面一定会犯错，坚信只要后面吸取了教训，同样的错误就可以避免。要明白恐惧才是最大的障碍，只有内心不恐惧，坚信自己能够将事情做好，才能让事情往好的方向转化。

有一种有效的办法就是反其道而行之。还是以学车为例，心理素质差的学员可以明确告诉教练自己很紧张，怕挨他骂，把压在心里的话说出来后，紧绷的神经反而会松弛下来，紧张感也就随之消失；若怕犯错，可以偏偏故意去犯错，在可控的前提下故意去踩错油门，告诉自己错一两次也没关系。通过这种方式能够有效消除人的过度防御心理，防止更多失误的发生。

由此可见，“破窗”现象的出现，并非迷信，更多的是因为自己或他人的心理暗示，这种暗示会左右人的心态，影响事态未来的走向。遇到不好的事情，比如暂时的失误或挫折，尤其要注意两点：一点是千万不要自怨自艾，摔倒了大不了擦干眼泪，爬起来继续前行，无论是对自己还是他人，永远要采取正向激励的态度；二是不要过分担心和紧张，越在意的事情越要坦然面对，这样反而能防止“破窗”现象的发生。

谈话的误区

人天生长有一张嘴，除了个别人特殊生理原因外，都会讲话，但是有的人讲得好，有的人讲得不好，讲得不好的人，沟通起来往往比较困难，不但别人不愿意和他打交道，经过多次挫折，久而久之，他对自己也失去了信心，有的人甚至认为自己天生就不会讲话，这种自暴自弃的负面判断会对其工作和生活带来消极的影响。

谈话是有技巧的，很多人包括笔者在内曾经在这方面有过深刻的教训，其实只要稍加训练，完全可以将自己谈话的水平提升一个层次。下面我们结合常见的几个认识上的误区，来谈谈谈话技巧。

误区一：先入为主。这是很多人最容易犯的毛病。就是在谈话前，已经在脑海里给对方描了一张画像，准确说是个性标签。这个标签可能基于对方相貌、职业、背景乃至以前交往的经历。相貌、职业等外在因素和本次谈话没有任何关系，要准确地理解对方，必须在交流的过程中不预设前提，否则在后期谈话的过程中，很容易对对方的想法和意图作出误判。哪怕是以前有过不愉快的交往经历，也要设法清零，每个人每时每刻都可能发生变化，此一时彼一时，任何时候都不能因为过去而影响现在的看法。

在脑海里将对对方的一切预判清零，关注对方当下的言行，竭力准确地理解对方，这样会消除很多原本不应该出现的误解，创造出新的合作机会。

误区二：话越多越好。有的人为了达到让对方理解的目的，一上来就滔滔不绝，恨不得将自己的五脏六腑都袒露在对方面前。其实，人与人的交流，不在于话的多少，而在于能不能达到谈话的目的，否则说的话再多也是废话。因此要进行一场认真的对话，一定要明确这场谈话的目的是什么。有的时候，事先并不了解对方谈话的真正意图，那么谈话的内容和方式需要更加谨慎。通过前期的往来试探，在了解了对方的意图后，再选择合适的谈话方式。

一个谈话技巧熟练的人，往往会采取后发的谈话方式。前期，尽可能充当一个安静的听众，通过聆听对方的陈述，了解对方的谈话意图和想法。在对方陈述的过程中，尽量不要去打断对方的讲话，让对方流畅地表达他的想法。即使对方明显停顿下来了，你也要稍等片刻，在确定对方讲完后，再开始你的陈述。

这种谈话方式有几个好处，一是你能先了解对方的想法，这样你后面谈话更能做到有的放矢，不说废话；二是一般会赢得对方的好感，因为你将对方的位置放在前面，他会感觉到你的尊重。

由此可见，话不在多，而在于以正确的方式说出正确的话。

误区三：遇到指责，一定要极力辩护，否则就是软弱的表现。我们每个人一定会遇到被人指责的情况，这种情况下我们要么为自己辩护，要么反击，反过来指责对方。这两种方式在现实中，效果一般都不太好。因为，对方指责你，一定是有备而来，无论你采取什么方式辩护甚至反击，他都不会听，这个时候，人往往会情绪失控，这样你就中了他的圈套，他的目的就是要看你恼羞成怒，就是要你出洋相。越是这个时候，你越需要冷静下来。不是不作出回应，而是作出理性的回应。

这就是第三种选择，即非辩护性回应。对方越是希望你情绪失控，你越冷静，他越是希望你和他争执，你越显得风轻云淡。比如，在对方对你发出咄咄逼人的指责后，你轻描淡写地回应一句“好的，我明白了”或者“让您费心了”等让对方找不到反击着力点的话。在你采取非辩护性回应后，对方进一步的指责反而失去了正当性，旁观者也没有了围观的兴趣。

采取非辩护性回应指责的谈话方式，一方面可以避免双方进入相互指责的恶性循环，二是为双方关系后续的改善留下了余地。

误区四：愤怒是无法避免的。我们一定会遇到让人生气的人和事。对方毫不掩饰的侮辱或者做出的蛮不讲理的事，不禁让人产生是可忍孰不可忍的感觉。遇到这种情况除了愤怒还有其他办法吗？

我们首先要明白一点，愤怒除了伤害自己外，本身没有任何意义。因此，我们无论如何要避免用别人的错误来惩罚自己。那么遇到蛮不讲理的人和事，我们该怎么办？

首先，我们一定要理解对方的立场，并对他的立场不做任何评判。无论对方说什么话，做什么事，你需要做的都是去正确地理解。每次和难缠的人打交道，我们事先要将脑子清零。不要对这个人和事做任何判断，也不要对他的意图做任何基于过去的猜测。将人标签化，会将人进一步推到对立面。

还有，你要明白一点，这个世界上你改变不了任何人，也左右不了所有的事情。他的言行，只能由他自己来负责，越过了边界，自有规则和法规来束缚和规范，不是不报，只是时辰未到。既然你无能为力，那么愤怒就没有任何意义。

其次，你在正确理解对方的言行前提下，要时刻检视自己的内心。禅宗有个词叫作“不动心”，但是普通人有七情六欲，在外界的刺激下不可能做到波澜不惊。越是这个时候，越要提醒自己保持冷静，要提醒自己对方的言行和己无关，你能做的就是清楚表明自己的立场和诉求。遇到实在无可救药的人，你敬而远之就好了，犯不着为之伤神。

谈话是一门艺术，只要我们用心，一定能够掌握窍门，并成为一个擅长沟通的人。

读书能带给我们什么

古往今来，有大成者无不爱好读书，对于大多数人而言，除了愉悦身心外，读书还是解决很多人生难题成本最低、最便捷的途径，它是人生进阶的必由之路。现在进入了信息化时代，人们获取信息的方式不再是单一的书籍，特别是纸质书籍，但是碎片化的信息带来的负面作用日显，它让人心更浮躁，更找不到解决问题的方向，书籍便成了人们不可或缺的心灵伴侣，想想看，一张桌子、一把椅子，一杯茶、一本书，就可以开始神游太虚了，这是一件多么惬意的事情！

具体来讲，读书到底能带给我们什么呢？

读书能带给我们不一样的风景。大千世界，无奇不有，最美的风景总是在远方，但是由于各种原因，我们不可能踏足所有的美景，人的生命有限，如果在有生之年不能见识这些大自然的造化，该是多么遗憾的事情！好在有书籍，我们可以透过他人的眼睛观赏这个世界，就像身临其境一样，书籍能够满足我们观赏远方美景的欲望。

书籍能在我们面前再现波澜壮阔的历史场景，仿佛时光倒流，动人心魄的历史画卷徐徐在我们眼前展开，我们仿佛听见了中国春秋时期古战场的人声鼎沸和厮杀呐喊，也仿佛看见了古罗马恺撒南征北战、建功立业的飒爽英姿。

书籍还能让我们阅尽世间百态，文学巨匠们以入木三分的笔触、深邃敏锐的洞察力描写各个时代的世态炎凉，莫泊桑笔下的市侩人家、莎士比亚笔下的贵族家庭，老舍笔下的前朝遗老，鲁迅笔下的穷秀才等形象无不让人拍案叫绝，不忍释卷。

我们可以从诗歌、散文中找到悸动的激情，普希金、惠特曼、徐志摩等的作品让你从字里行间感受到人类那些最美好的情感，让你不得不慨叹生命的美好、人生的无常。我记得去年到剑桥大学去考察，发现一块小小的石头，因为刻上了徐志摩的“轻轻的我走了”那句诗，成了到此地的中国人必游一景。可见诗歌的无限魅力。

读书能让我们跨越时空，结识无数的智者哲人。人类几千年的历史，孕育出灿若星河的文明，也诞生了无数智者贤人。我们读他们的书，仿佛在和他们进行心与心的交流。苏格拉底的善、柏拉图的理想国、亚里士多德的公正，黑格尔的雄辩、尼采超人的呐喊、老庄的逍遥，无不闪耀着智慧和灵性的光辉。

在这个熙熙攘攘的世界里，我们每时每刻都在和人打交道，但是我们却又感受到前所未有的孤独，没有人能够走进我们的内心，我们也不敢让人走进那个只属于自己的那方小天地，有了书籍，我们就不再孤单，因为在我们需要的时候，这些智者永远不会缺席，无论是在白天还是黑夜，只要我们翻开书，他们就会如约而至，一个个像老朋友一样娓娓道来，告诉我们生命的真谛，指引我们前进的方向，他们就是暗夜里为我们带来光明和温暖的明灯。

如果你现实里没有朋友，如果你感到孤独难耐，拥抱书籍吧，在这里你会找到最忠实的伙伴！

读书能够让我们学会如何思考、如何去解决问题。经过两千多年文明的洗礼，人类已经积累了大量的社会科学和自然科学知识，并形成了严密的知识体系。这个体系是开放式的，随着人类的探索，不断扩容壮大。人类之所以取得这些炫目的成就，就是因为我们掌握了科学地探索未知的方法。通过对这些知识的学习，我们就相当于站在巨人的肩膀上，为解决更多的未知难题提供了无限可能。

通过读书，我们可以学会很多思维的方法，如辩证思维、逆向思维、系统思维、极简思维等等，让我们遇到棘手难缠的事情的时候不至于误入歧途；我们在做事的过程中，还可以学会归纳、演绎，举一反三高效地完成手头的工作。

在我们内心彷徨的时候，也可以去找心理学大师们聊聊天，弗洛伊德、阿德勒、荣格会告诉我们太阳底下无新鲜事，我们遇到的一切心灵障碍，都不过是无数个人已经经历和正在经历的，这些智者剥茧抽丝的分析，让我们茅塞顿开，豁然开朗，通过读书，我们会变得更理性，更睿智。

我们甚至可以从书上学会修身养性的小技巧，比如冥想就是一个清空我们大脑的有效工具，它能让我们更清醒，思维更清晰，长期坚持下去，能够让我们保持年轻敏捷的大脑。

读书能够让我们精神上更富有。世间的财富有两种，一种是金钱、名利等物质财富，一种是包括智慧、修养在内的精神财富。第一种财富就像海水，让人越喝越渴，叔本华讲过，人类幸福最基本的要素——事实上也是唯一要素——是他内在的组成，他心理的构造。只有精神财富才能给人带来真正的内心的安宁和幸福。而读书恰恰是获取精神财富的最经济的手段。读书的过程，就像海绵吸水，知识的养分如涓涓细流被读者吸收，人读的书越多，内心就会越强大。古人讲书中自有黄金屋，书中自有颜如玉，讲的就是这个道理。此时此刻，脑海里不禁浮现出杨绛先生在《我们仨》中描述的一家三口的日常生活场景，身居斗室，却人手一本书，其乐融融，沉浸在书的海洋里，这份简单的美好怎不叫人动容？

读书能够让我们明白生命的意义，让我们在有限的人生旅程中，不是虚掷时光，而是去追求最有价值的东西。在追求的过程中，也将自身的潜能发挥出来，达到自己意想不到的高度。

当然，读书不是解决所有问题的灵丹妙药，人们在读书的过程中，也常常陷入一些误区，影响了其作用的发挥，为此，我们要注意如下几点：

读的书过于宽泛，没有聚焦，只注意了广度没有注意深度。对很多方面的书均有涉猎，但都浅尝辄止。现在的书浩若烟海，一个人穷其一生也不可能读完，漫无目的地读书，无助于提升专业的技能和素养，在这个高度分工的社会，这些书中的内容无法真正内化为自己的一部分。

为了避免进入这个误区，读书要采取粗读和细读相结合的方式，和自己的专业或爱好相关的书要细读，将其精华划重点，做笔记，反复领会；有的书可以蜻蜓点水，大概了解其主要思想和脉络即可。这样既能增加自己的知识面，也能强化某一部分的专业知识。粗读和细读相结合，慢慢就可以形成自己独特的知识体系。

还有一个误区是，为了读书而读书，将读书和具体实践割裂开来。有的人谈起某些思想和做法头头是道，但是具体做起事来却差强人意，原因是知识只是机械地灌输到脑子里面了，没有变成行动的指南。古语云：“博学之，审问之，慎思之，明辨之，笃行之。”要真正掌握知识，一定不能满足在

“已阅”的水平，要想方设法将读书与日常工作和生活结合起来，在实践中加深理解。有的人读的书不多，但思想和行动能力都有很高的水准，原因在于他将那些书真正读进去了，而且做到了活学活用。

最后一点是要批判性地去读书。书是人写的，只要是人写的，就不可避免存在局限性，不要将手上的书奉为圣典，哪怕是大家大师的书，要敢于质疑，敢于在实践中检验，取其精华，去其糟粕。

读书可以开阔我们的视野，增长我们的知识，愉悦我们的身心，让我们精神上变得更富有！从现在开始，拿起一本书，开始一段难忘的心灵之旅吧！

认知世界之初探

面对同样的事物，所有的信息都是透明的，两个当事人得出的看法可能完全相反，你有没有遇到过这种情况？人作为社会动物，相互之间的交流是必不可少的，你也一定曾遇到这种场景，无论你怎么努力，恨不得掏心窝子，对方还是理解不了，这种鸡同鸭讲的场景是不是很尴尬？

这种认知的差异，往往会带来一些恶果，它会导致人与人关系恶化或者事情功败垂成，类似案例不胜枚举。那么我们不禁要问，发生这种情况的根本原因是什么？它的出现是偶然还是必然？如何破局？

要揭开谜底，还得从人的认知能力谈起。所谓认知能力，就是对事物的观察和分析能力，这种能力决定每个人对事情的最终看法和采取的行动。遗憾的是，每一个个体对事物的认知能力是不同的，甚至相距甚远。认知能力的差异主要体现在看待事物的广度、深度、角度等等。有的人看得深，看得远，看得全面；有的人只能看到事物表面、局部，甚至只有一个点，另外，面对同样的事物，每个人的关注点不一样，看到的也会不一样，正如芒格讲过的那句话："如果你手里拿着一把锤子，那任何东西在你眼里都像是钉子。”所有这一切，局中人往往浑然不知，每一个人都相信眼见为实，坚信自己的看法是正确的。

那么是不是有绝对正确的认知的呢？没有人告诉我们答案。现实来看，我们似乎永远只能接近真相，却找不到全部真相。《金刚经》上说：“一切有为法，如梦幻泡影，如露亦如电，应作如是观。”认为人眼中看到的一切不过是心中的幻象而已。康德将事物分为现象和物自体，人能够了解的只是事物的表面即现象，而真相即物自体只能接近，却无法真正了解，因为每个人观察到的一切一定会受自己内心影响。而尼采干脆说：“没有事实，只有诠释。”

认知能力和哪些方面有关系呢？是天生的还是后天的？总结起来，影响人认知能力的因素有很多，既有先天的因素，如天赋、性格等，也有后天的因素，如教育、家庭、工作与生活环境，等等。无论受先天还是后天的因素影响，每个人的认知能力都会在成年后的相当长的一段时间内固定下来。

科学研究表明，人的思维活动与大脑的前额叶有关系，大脑的这个区域负责记忆、思考、分析等功能。本质上讲，人的意识就是一种思维活动，是一种脑电波。这种脑电波是由不同频率的信号叠加而成的。不同的人面对同样的事物，发出的脑电波信号不一样。不妨大胆猜想一下，思维越活跃的人，大脑发出的高频成分会不会更多？而思维不活跃、思想保守的人，大脑发出的高频成分是否会少些？能否再进一步得出结论，在大脑相关部位，高频成分多少决定了他认知能力的高低，决定了他接近事物真相的程度？

我们前面谈到的为什么有些人之间交流那么困难，根本原因就在于两者处于不同的认知层次。两个人相互完全无法沟通，并不是因为哪一个看法不正确，而是因为他们大脑的频率不一致，所以才鸡同鸭讲；反之，如果频率一致的人，即使素不相识，也能一见如故，因为两人会发生共振，想问题会想到一块去。不过能做到完全同频的人很少，这也是当年伯牙在钟子期死后破琴断弦的原因，正所谓知音难觅。

因此，任何时候我们都不要想去改变别人，除非他自己想改变。认知层次可被看成维度，高维度的人对低维度的风景一览无遗，而低维度的人却看不到高维度上面的风景。你没办法让人对眼前的景象视而不见，转而去相信他没看到的东西。

认知层次不同的人相互打交道，最好的关系是主次或从属关系，认知层次高的人为主导地位，这样就不需要双方思想的对撞。如果地位对等而认知层次相差甚远的话，双方一定相处不好，常态化的鸡飞狗跳不足为奇，和谐相处之道只能是双方表面的尊重和理解，而不可强求对方在思想上保持一致，当然这种表面的和谐能维持多久就另当别论了。

无论是做事业还是组成家庭，选择认知能力层次相差不大的人做合作伙伴或生活伴侣，成功的概率远远高于不同层次的人选，原因无他，就是大大减少了认知型矛盾的产生，而这种矛盾往往不可调和。

人的认知能力越高，对世界的认识越深刻，越全面，难怪爱因斯坦说：所有困难的问题，答案都在更高的层次。有没有办法通过后天的努力提升自己的认知能力呢？

首先，我们要承认人的认知能力受天赋的影响。想当年，六祖惠能大字不识一个，但是能够战胜那些熟读经书的师兄弟，接下禅宗的衣钵，靠的就是天赋。高斯三岁能指出别人的计算错误，十九岁时一个晚上就破解了困扰人们两千年的数学难题。以上例子说明，天赋是客观存在的。

除了天赋，通过后天的努力也能提高我们的认知能力。主要的途径是通过理论学习和具体实践去获取知识。理论知识可以让我们站在前人的肩膀上去看世界，人类历史上诞生了无数智士贤人，他们的经验和思考通过理论的方式沉淀下来了。为此，人们建立了从幼儿园到大学的完善教育体系，学生们通过系统学习各种知识，提高自身认知世界的能力。

古人云："读万卷书，行万里路。"，古人将学习理论知识和外出旅行放到了同等位置。旅行是实践的一种，通过旅行开阔人的眼界，结识不同的人，可以启发人的心智，获得书本外的知识。现代的实践活动远远超过旅行这种单一的形式，我们每天的工作和生活都是实践，带思考的实践能够让人加深对已有经验和理论知识的理解，让知识真正转化为认识世界、改变世界的工具。实践还有助于产生新的灵感，反过来去发展新的理论。总之，实践有助于提高我们的认知能力。

另一个途径是认识高认知层次的人，主动向他们学习，学习他们观察事物、分析思考问题的习惯和方法，不断开拓自己视野和格局。通过和这些"高人"比较，了解自己内在和外在的差距，针对性地去提升自我。

比知识更能体现我们认知水平的其实是智慧。智慧和知识不同。知识是外在的、已有的，人人可见，只要你愿意下功夫，是可以学习的；智慧不同，它是内在的、不可见的、动态的。

后天获得智慧，有的时候靠知识的积累，量变到质变；还有的靠顿悟。禅宗就有"南顿北渐"的说法，对应的就是这两种觉悟方式。大道至简，悟的过程其实就是将世间的道理不断简化的过程。人的层次越高，越善于运用简单的道理解决复杂的问题。很多复杂的物理问题，最后都是用一两个简洁到极致的数学公式来解决的，比如牛顿的万有引力公式，爱因斯坦的质能方程等。

夏虫不可语冰，不同认知层次的人看到的是完全不一样的世界，要看到更多的风景，唯有提升自我，超越自我。

借假修真

有一个人要死了，上帝派了一个使者去找他，这个使者拎了一个盒子，带他去见上帝。这个人见了上帝就问盒子里是什么，上帝对他说，这是你要从这个世界带走的东西。然后这个人很好奇，这里面是什么东西啊？能给我看看吗？上帝说，你先猜猜看。这个人说，我在世的时候积累了很多财富，是不是给我带走了一些金钱？上帝说，不是，金钱不能带走。然后这个人又说，那是不是亲人和朋友对我的思念，我在世的时候对我的亲人很好，那么我走以后，他们一定会很伤心，会经常想念我，所以带走的是对我的思念吧？上帝说也不是，其实你在他们心目中没有你想象的那么重要，无论关系曾经如何亲密，随着时间的流逝，他们也会慢慢地把你忘记。这个人有点慌了，那我到底能够从这个世界上带走什么？上帝说，你自己看吧。这个人把盒子打开，里面空空如也。上帝说，你从这个世界带不走任何东西！

叔本华对此也有类似总结，他说，人的一生，都是在痛苦和无聊中不断地来回摇摆，东西得不到，就会感到很痛苦；东西得到了，就会感到空虚和无聊。如果叔本华讲的是真的话，那么，是得到好还是得不到好呢？尼采干脆就说人生本无任何意义。对于我们这些凡夫俗子特别是无神论者来讲，费尽心机得到的终将失去，好像确实没什么意义，但人生就这一次，我们能不能想方设法活出一点意义来呢？比如我们不再追求任何事情的结果，而是追求这个过程，行不行？且慢，如果过程也是假的呢？我们又将如何处之？

《西游记》这本书老少皆宜，相信大家都喜欢看。我小时候尤其喜欢看孙悟空打妖怪的故事，妖怪们身怀绝技，诡计多端，有时连孙悟空也甘拜下风，但是幸运的是唐僧师徒四人总能逃出险境，感觉他们很了不起。渐渐长大后，再看《西游记》，我发现好像他们师徒四人到西天取经，虽经历种种磨难，但都没有想象中的厉害，妖怪再强，诡计再多，归根到底是斗不过唐僧师徒的，因为他们背后还有一个强大无比的如来佛，只要遇到难题，如来佛定会相助，结果总能化险为夷。从这个角度看《西游记》这本书，不免觉得情节太幼稚。后来，经历了很多事情，有机会重读《西游记》，又有了新的感悟。

这个感悟是什么呢？四个字：借假修真。这四个字出自《大道心德》第四十四章："天道降于世，劝人行善以修真，造功立果，以光灵性，则人可长生，此乃性命双修之法也。"性命双修，应借假修真才能成功。何谓借假修真？即借人身之假体，修道以成真之谓也。

借假修真里面的"假"字意义上不完全等同于我们通常

讲的真假里的“假”字，不过在这里，按真假的“假”字理解反而更有意义，因此，我们姑且就这样理解吧。

唐僧师徒四人历时十多年，经历九九八十一个磨难，终于取得真经，在我们看来，过程也许有些假，比如到什么地方遇到什么妖怪，竟然是按如来佛的剧本设计的，但是，虽然这些妖怪、这些磨难，甚至这个取经的过程都是假，他们要得道，要上升到更高的境界，这些假是必经之路，没经历这些假，孙悟空充其量还是花果山那个占山为王的小猴子，唐僧也成不了深谙佛法的高僧。佛说，众生皆苦，他们经受的那些苦难连同他们个人的成长最终也成了他们所取真经的一部分。

同理，对于苦苦找寻人生真谛的世人来讲，借假修真也不失为一种智慧的修为方式。既然人生无意义，我们不必绝望，更不必厌世，我们要好好地活在当下，世上万事万物既为假，我们就可以放下一切功利心，不再患得患失，将所遇到的一切事物和过程当作追求真的必由之路。这个真，不同的人有不同的理解，既可以理解为苏格拉底所说的善，也可以理解为佛法所言的圆满，庄子所推崇的道，我理解为内心的安宁和幸福的感念。

借假修真在我们的现实生活中，往往能产生神奇的效果。有人做过两个不同的试验，一个是对一群小学生的智商进行测试后，随机分为两组，然后对一组的学生讲他们属于高智商那一类，一年以后，这组学生的成绩比另一组明显好很多；还有人在一个养老院里做过另一个试验，就是把一群 70 岁的老人分成两组，工作人员要求其中一组每天在心里默念：我只有 60 岁，我的精力很充沛，我很年轻，一年以后再去对这两组人员进行体检，实验人员惊奇地发现，做着心理暗示的那一组看起来比另一组更有活力。这两个例子表明，在某些情况下，心理暗示能把假的也修成真的。

作为普通人，在找不到方向、找不到目标、屡受打击进而怀疑自我的时候，也许可以用用借假修真这个偏方，比如我们可以先骗骗自己，假装自己是个智者，假装在做一件很有意义的事情，假装相信一切的努力终有回报，如果有一天梦想成真，这个办法是不是有点酷？

千人千面的陷阱

不知从何时起，你一下子成了这个世界的中心，仿佛有一群看不见的人在围着你转，他们不断揣摩你的心思，处心积虑为你提供所需要的一切。你想要什么，你的面前就能出现什么，这是不是有点阿拉丁神灯的感觉？有人可能要问：有这么神奇吗？如果你还没有意识到这一点，那是因为你太粗心了，或是你对上帝这个角色已经习以为常了。

就拿购物来说吧，它已经成为当今社会每个人日常生活必不可少的一部分。有没有发现，不知不觉中，我们购物的频次越来越高了，购物的花费越来越大了，而且这个上升势头没有减弱。这是为什么呢？

原因很简单，总结起来就两个，一个是购物越来越便利了，甚至足不出户就可以办到。只要你愿意，任何时候，哪怕是在凌晨两三点，突然有了购物的冲动，也能得到满足，你只需打开手机或电脑，轻点鼠标就行。这还不算什么，第二个原因更不可思议，也更能吸引住你，那些店铺好像为你配了一个私人生活助理，你所有的喜好，他一清二楚，比如你想买T恤，进入铺子，映入眼帘的一定是你钟爱的某个品牌的“V”领纯棉T恤，那些你不喜欢的圆领和杂牌要么排在后面，要么压根就不会出现，不用你劳心费神气挑选，你的所爱就像长了腿似的自动跑到你面前，这种购物体验是不是很棒？只要你有钱，愿意花钱，你就是上帝！

还有，现在是信息社会，每个人每天接触的资讯浩如烟海。以前，我们还要费心费力去寻找我们想要的东西，现在不用了，市面上的资讯软件好像钻进我们脑子的精灵，我们想看什么，它全知道。

如果你是一个家庭主妇，除了喜欢学习烹饪技巧外，最喜欢娱乐圈里面的八卦新闻。好了，你打开手机或电脑的资讯软件，里面充斥着你想要的烹饪技巧文章、视频，还有那些明星的绯闻八卦，你发表的评论永远处在置顶的位置。至于那些国家大事、体育新闻，不是你的所爱，好像就未曾发生似的。

但如果你是一个白领，每天除了早九晚五的工作外，业余时间喜欢看看体育比赛，喜欢看些轻松幽默的段子，除了这些，偶尔看看财经新闻，那么你打开手机，看到的全都是各种各样的比赛资讯，以及让你乐不可支的段子，当然还有你感兴趣的财经新闻，好像这一切都是为你量身定做的。

就是在每天的出行中，你也能感受到“神灯”的存在。你想开车到哪个地方，打开导航地图，导航自动选择你惯常走的路线，你不用劳心费神再去分析、比较；如果不幸遇上了堵车，地图也会如你所愿安排好你中意的替换线路，当然沿途你常去的加油站、便利店也会显示出来。

世上是不是真的存在“神灯”啊？答案当然是否定的。这个“神灯”其实就是所谓的“千人千面”，除了上面提到的网上商铺、资讯系统、地图，还有很多公共产品都实现了这个功能。这些产品都有一个共同的特点，就是针对每个用户的不同需求特征，投其所好提供个性化的服务。

这些产品是如何实现这个功能的呢？初步归纳，主要是通过以下三种手段：

第一，个人资料收集。用户在使用某个系统前，都要注册，系统会让用户提供个人相关的一些资料，比如职业、年龄、学历、籍贯、爱好，等等，结合某类人群的大数据，系统会绘出一张用户的特征画像轮廓。有的系统虽然不要求提供详细个人资料，但是要求用手机或身份证注册，系统通过这些个人唯一标识，也能从多个渠道找到你的私人资料。

第二，行为轨迹跟踪。用户在系统的每一个动作，都会被记录下来，用户每使用一次系统，无论是商铺还是资讯软件，都有助于系统对用户的喜好和习惯的掌握，个别系统甚至可以从其他的网上信息，抓取用户的行为轨迹。通过对用户行为轨迹的持续跟踪，用户特征画像的细节越来越丰满，画像越来越逼真。

第三，隐私窥探。很多应用系统，在用户不知情的情况下，悄悄打开手机或电脑的麦克风、相机、定位等工具，非法窃取用户谈话、影像、位置信息，通过这些信息精准获取用户行为习惯。当然，这些信息也构成了用户特征画像的一部分。

正是通过以上手段，那些系统实现了对每个用户的精准画像——千人千面，也正是有了这个画像，才可能实现信息的个性化推送。千人千面为我们的工作和生活带来了巨大的便利和好处，这点毋庸置疑，在这里就不一一赘述了。我们要警惕的是千人千面的另一面——长期的、潜移默化的危害，这些危害往往被人们忽视。不客气地讲，它既像一味麻痹剂又像一味迷幻药，如果不加以重视并提防，等到病入膏肓，就有可能悔之晚矣。

千人千面是迷幻药。这还得从人类的一个天然弱点谈起。一直以来，人类都有趋利避害的本能。无论遇到什么事物，经过或长或短时间的观察和分析后，我们都会在脑子中形成一个对该事物的看法，不同的人有不同的看法，它和个人的认知水平和环境密切相关。为了让这个看法简化，我们给事物贴标签，这个标签就是个人看法的直观描述。标签一旦贴上去，任何不相符的特征，我们都会选择性无视，因为那意味着推翻自己以前的结论，打自己的脸；反之，遇到和我们之前看法相符的证据，我们就下意识地关注它，在标签中强化这个特征描述。难怪有人感叹这个世界没有真相，因为人人只相信自己目睹的，殊不知每个人看到的真相只是自己内心看法的投射！

如果说我们看到的一切会因为我们的认知水平发生扭曲的话，那么千人千面的出现，更是让我们的眼睛进一步被蒙蔽。它不关心你的看法客观与否，有没有局限性，它唯一关心的是你是怎么想的，怎样才能讨你欢心。你喜欢什么，就让你看到什么。有的时候连搜索引擎搜出来的东西都是你喜欢看到或愿意看到的东西，更别提那些以营利为目的的各类店铺和应用系统了。它们提供这么多你想要的证据就是要告诉你：没错。你眼中看到的就是真相！

千人千面是一味迷幻药，它让你沉浸在自己的世界里不能自拔，让你误以为你了解所有的真相和事实，让你在现实生活中变得偏执，不思进取。

千人千面还是一味麻痹剂。人天生追求得到外界的认可。罗素说过，人类除了动物本能外，主要存在两个欲望，即权力欲和荣誉欲，连财富也位居这两者之后。对于普普通通的人来讲，能够实现自己的权力梦和荣誉梦的机会不多。千人千面给人一个错觉，好像你位居这个世界的中心，而且你要什么，他们就能给你提供什么，你成了这个虚拟世界的主宰，人被压抑的权力欲终于找到了一个出口。你喜欢什么内容的资讯、视频、商品，轻触一下按键，所有的瞬间就会出现。它们不断刺激你的大脑皮层，让你保持一个兴奋的状态不能自拔。只要稍微留意一下，就会发现，在任何公共场所——地铁站、机场、火车站、公园——几乎所有的人都成了低头一族，每个人都沉浸在虚拟世界里，任凭世间一切实实在在的美好随着金子般宝贵的时间从身边悄悄溜走。

千人千面是一味迷幻药，让我们不知不觉中离真相越来越远；千人千面也是一味麻痹剂，让我们沉浸在虚拟世界的快感中不能自拔，它是否真的是我们灵魂的朋友，相信你我心中已经有了答案吧？

美的遐想

上午到市场淘茶几，店主顺送了一套茶具，我欣然收之。回到办公室，摆上茶几，端上茶具，把玩之间，发现这套茶具诸多瑕疵，比如茶壶把柄上有一个小小的凸起，几个茶杯外延有缺角，心中虽有些不悦，奈何为人家赠品，也不好意思讨说法，于是勉强用之。

鄙人素无饮茶习惯，今首次在新置茶具上泡茶，虽因茶具瑕疵心有芥蒂，但也别有一番滋味。往电热水壶里灌满水，滋滋声起，一股清香之气弥漫整个斗室，不一会儿一壶热茶便好了，坐在沙发上，端起茶杯啜饮之，顿时觉得神清气爽，心醉神迷。品茗之余，再看那套满是瑕疵的茶具，突然觉得它变得顺眼起来，舌尖上的美味好像也刺激了视觉的感受，我不再觉得其丑陋，反而觉得这些瑕疵是茶具不可或缺的一部分了！看来，所谓的“美”也不是绝对的。

世人对美的认识和追求大概可分为三种：

第一种美：外在的美。外在的美是直观的美，包括大自然，甚至人的形体。古希腊的毕达哥拉斯认为，所谓美就是和谐，外观、形状、尺寸比例（如黄金分割）、颜色等符合人的感官认识。很多人为了欣赏大自然的美，喜欢到处旅游，他们春天到江西婺源欣赏漫山遍野黄灿灿的油菜花，夏天到海南欣赏碧波荡漾、一望无际的大海，秋天到黄山去欣赏险峻的山和挺拔的松树，冬天到北方欣赏皑皑的白雪，还有人不满足国内的美景，每年要到国外去欣赏异域的风情。据说在日本的初春，樱花在列岛从南到北次第开放，很多人背着行囊，追着盛开的樱花跑，前后整整花了一个月！可见自然美对人的吸引力。

人体美也是人类孜孜以求的目标，很早以前人们就认识到人体的美，能够欣赏人体的美，两千年前的诗经里面描述“窈窕淑女，君子好逑”，对女性的形体美做了生动的描绘，许多古希腊雕刻就形象表达了人们当时对人体美的推崇。到现代，人们对形体美的追求更是登峰造极，每年世界各地举办的健美和选美大赛为人们树立了形体美的现实标准。

因时代和地域的不同，人们的审美观也会发生变化。唐代的女性以丰腴为美，而其他的大部分朝代以纤瘦为美，如果杨贵妃穿越到当今世界，估计连美女都算不上——原因无他，太胖。近年来以破洞牛仔裤为代表的非主流服饰逐渐流行起来，好端端的裤子非要剪个口子，残缺成了一种美，很多年长者觉得匪夷所思，但是年轻人就是喜欢，当然，也不排除哪天这种审美观会颠倒过来。

第二种美：相对外在的美，还有一种内在的美。苏格拉底认为，美是一种意识，美与丑只是内心的一种感觉，一个真正成熟的人不会用外表的美丑去作为评价人的标准，有人以小巧玲珑为美，就有人以体态丰腴为美；有人以粗犷豪放为美，自然也有人以温柔婉约为美……美与丑仅仅在一念之间，我们每个人都是众多美的类型中的一种，各花入各眼，不存在真正意义上的丑。

内在的美如品德、人格、智慧等看不见摸不着，但是，人们可以感觉得到。外表的美会随着时间而流逝，个人的品德、才华和智慧等内在美却会与日俱增，对于个人而言，真正的美是内在美，它来自内心，来自对自己的肯定，一个人只有看到自己的优点，并不断打磨它，用自信和智慧去升华它，才能让内在美永驻。

对于没有灵性的事物而言，除了外观，它为人类提供的功用，也可以被视为内在美的一种，合适的就是美，如外观稍有瑕疵的茶壶，如果能泡出味美的香茶，那么人们就会忽视它的外观的不完美，功效为代表的内在美更能打动人。我买的那套茶具就是一个生动的例子。

内心美的人，不会对自然的残缺过于敏感，因为他们更注重内心的丰盈而非感官的愉悦，对周围一切安之若素，认为一切是最好的安排。他们也欣赏春天的鲜花和冬天的白雪，但是不会刻意去改造身边的不完美的事物。

第三种美：抽象的美。艺术来源于自然及人类社会，按亚里士多德的观点，艺术是对自然和人的模仿，真正的艺术可以不受自然事物的限制，艺术品之所以比现实事物更美，是由于它们比现实事物的偶然现象更真，它们反映了现实事物尚未表现出来的内在本质和目的。雕塑、音乐、文学作品、画作甚至一场话剧、一部电影都是艺术品，总之，艺术来自自然，但高于自然。

黑格尔认为，艺术是艺术家个人的想象力、天才和灵感的产物，是理念的感性显现，人们流连于各类艺术馆或艺术展，从这些作品中去寻求和作者的共鸣，并感受由此带来的精神的愉悦和感动。但读懂这些艺术品，往往需要一定的素养，人们只有读懂艺术家放在艺术品里面的构思和理念，才能透过表象体会藏在艺术品里面的精妙绝伦的美。

美在心中。庄子说“天地有大美而不言”，在他看来，真正的艺术是自然的“道”所创造的，天地万物均是它的艺术品，真正的审美是对“道”的体验和观照。异曲同工的是西方的普罗提诺也认为，物质世界的美只是反射着外来的光辉，真正的美是内在于人的灵魂。他和庄子一样认为世上万物存在一个创造者，只不过名字叫太一。

欣赏世上的美需要一双能发现美的眼睛，创造美更是需要一个高尚的灵魂，而这双眼睛和这个灵魂不是天然的，需要修为，只有经过不断的修为，才能让自己的内在的那个“心”不断逼近庄子的“道”和普罗提诺的“太一”，眼前的世界才会超越外在的表象，充满美的光辉，妙至毫巅的艺术品才可能诞生。

给生活加点香菜

不知从何时起，我不知不觉养成了一个习惯，吃早餐时都会加点佐料——香菜。无论是吃武汉本地的热干面还是大部分南方人都喜欢的汤粉，我都要在上面撒上几根。绿色的香菜鲜艳欲滴，用筷子里外一搅，一股淡淡的香味立刻就扑鼻而来，平淡无奇的一碗粉面瞬间变成了色香味俱全的佳肴。从爱上香菜开始，早餐就变成了一种享受——不再味同嚼蜡，而是秀色可餐。慢慢品味的过程带来的口舌之快感，足以引发我对即将开始的美好一天的向往！

曾几何时，生活的乏味、无趣成了很多人心中不可言说的痛，为了那份养身立命的收入和肩上沉甸甸的责任，他们不得不每天两点一线，从家里赶到单位，再从单位赶回家里。日复一日，走着一样的路，做着一样的事，就像卓别林的电影《摩登时代》里面那些工人一样，在流水线前机械地重复着，没有思想，也无暇思考生命的意义，平庸、低俗、狼狈成了生活的主旋律。他们也曾经无数次想到过逃离，但最终选择了维持现状，直至慢慢变老死亡。

凡事总有例外，比如某些有情趣的人就不想安于现状，他们声称生活绝不是眼前的苟且，还有诗和远方！人不是动物，不能只限于满足最低层次的生存需求，还要有更深层次的精神需求，要有品位地活着，最好就像十九世纪欧洲贵族一样，每天有美味、艺术、交际、运动、刺激……这才是我们的理想人生！这些人中，以一些颇有经济实力的富人和充满理想主义色彩的文青最具代表性。

显然，当今中国做不到还原欧洲十九世纪贵族的生活方式，但真想要诗意和艺术地生活，办法总还是有的。富人们想方设法地购买一些昂贵的艺术品，将它们摆放在客厅或者挂在墙壁最显眼的位置，有客人来访时，总是不经意间讲讲这些艺术品的来历和价值；时不时带家人到欧洲的艺术博物馆欣赏大师们的传世大作，各大场馆频频留下他们的身影；宽敞的书房里，书架上的书琳琅满目，整整齐齐；虽然天生不爱运动，但一份高尔夫俱乐部 VIP 会员证是必须的，因为这是有品位生活的通行证；当然专程到阿尔卑斯山去滑雪也算是热爱体育运动的表现。最后将美好的人生发到朋友圈，瞧！我是多么自由，多么有品位，我的生活是多么有意义！

文青们没有富豪那么多钱，但也挡不住他们向往艺术或诗意生活的梦想。这些年，很多人到云南大理旅游后，就回去将家里的房子卖掉，立志将家安在云南那种有诗情画意的地方，想想看，几间精致的房舍，一个四季鲜花的小院，一条小狗，几只小猫，一本徐志摩的诗集，多么惬意的生活啊！还有些人做得更彻底，为了逃离日常的平庸，模仿陶渊明当起了隐士，躲到像终南山那样的世外桃源，过上了闲云野鹤、不问人间烟火的日子。文青们和富人们的所作所为目的一样，就是要逃离平庸、苟且的俗日子，问题是他们真能够实现远方那个诗的梦想吗？

历史和现实都证明所谓诗意的生活其实一点都不诗意，毛姆笔下的艾略特，一辈子追求上流社会的生活，买艺术品，开豪华派对，穿绣名字的内裤，一切是那么有品位，最后却因为渐渐落伍被上流社会抛弃，最终在羞辱中离开人世；现代中国的某些有钱人再怎么粉饰，也掩盖不了内心的空虚，他们很多时候的高雅之举，纯粹是秀给人看，离开了丰裕的物质条件，所谓的风雅不外乎就是个笑话；文青们想法可能单纯很多，不过好像抓错了药方，这不，早期别家舍业躲到云南的文青们，当远方一切变得熟悉和司空见惯后，诗情画意很快褪色为日常的苟且，不都纷纷狼狈地回到了城市吗？至于终南山的隐士们，绝大多数最后也受不了荒山野岭的严酷环境，悄然回归尘世了，所谓逃离成了一个笑谈。

看来，无论是有品位的富人还是有理想的文青，都无法超然于凡世的繁杂和低俗，难道我们这些凡夫俗子真的注定和艺术和诗意无缘了吗？答案没那么悲观。记得有人说过，生活即艺术，其实每个人本身就是上帝创造的独一无二的艺术家，只要我们愿意，我们既可以创造也可以享受诗一样的生活！与其附庸风雅地追逐那些我们并不真正懂的艺术品，还不如在每天的平凡日子中找到让我们感动的闪光点。其实我们根本无需刻意追求多么有品位有质量的生活，只要稍稍用点心，脚步慢下来，我们就会发现风景就在身边，四季轮回，风花雪月，高山流水，周围的一切就是上天创造的精美绝伦的艺术品，不用那些专业的知识，我们就能轻易体会到其精妙之处，它们是自然的、不做作的，对我们内心的影响更能持久；我们也许欣赏不了艺术大师——比如毕加索们的作品，我们不必像富人们那样去附庸风雅，我们可以大大方方在工作之余去观赏土得不能再土的剪纸展，只要我们心有感动即可；我们还可以用我们自己的双手创造艺术，也许稍加修饰，再俗的东西也会高雅起来，就像我那加了香菜的早餐一样，色香味俱全，不也是一件小小的艺术品吗？

生活真的不是苟且，只要我们愿意改变，有时几根小小的香菜就能为我们带来惊喜！

知与行

有人曾经发出过这样的疑问：为什么懂得了那么多道理，却依然过不好这一生？有一段时间，我看了比平时多得多的书，当时感触良多，但随着时间的流逝，印象逐渐模糊，慢慢就没有什么影响了，工作生活状态没有任何改变，难道这些书白读了吗？我一直想找到这个问题的答案。

王阳明创建了“心学”，认为心即理，提倡事上练，即所谓的知行合一。他的“知”，是“良知”，是每个人内心与生俱来的道德感和判断力，他认为这个“知”能够帮助人解决世上一切问题，有不少人成为他的“心学”理论的追随者。为了解决前面提出的疑问，也为了让问题简化，我在这里将“行”明确定义为一切具体实践，“知”泛指相对于行的有关知识、规律、方法等所有形而上的总结。这个定义和王阳明的定义是完全不同的，特别是“知”的定义。按照这个定义，“知”和“行”在我们具体的实践中到底是什么关系？又是如何互相影响的？为了找到答案，我们不妨先从微观的角度看看要做好一件事情，需要解决哪几个问题。

做一件事情，首先是要想清楚做的目的和意义，这个意义就是一种“知”。如果在做之前，不想清楚为什么去做，无论是自己做还是交付别人做，大抵是做不好的。人是趋利的动物，你不从深层次说服自己或他人，这件事情就不可能做好。做具体的事情，不要急急忙忙地卷起袖子就干，在做之前，要想清楚目的和意义，只有先想清楚这个，在后面遇到困难的时候，才不容易打退堂鼓。可见，想清楚做事的意义，是做成事的先决条件。当年红军爬雪山过草地，战士们吃那么多苦，没有心中理想和信念支持，就不可能从前期不断的失败中爬起来，也不可能有后期的从胜利走向胜利。同理，一个企业要想做大做强，公司领导一定要先想明白办这个企业的意义，也就是所谓的愿景，并将这个愿景在全公司反复宣讲，直至深入每一个人的心里，只有这样，员工在为公司做事的时候，才能有动力，才能有主动性。心中有了信念，遇到了困难，才不会轻易放弃。无论这个事是日常的例行工作还是所谓的事业，对意义认识的高度决定了所做的事最终能到达的高度。很多人不是不聪明，不是没有能力，只是缺乏眼光，缺乏“知”的指引，所以成就寥寥。

其次，要分析清楚这件事的本质是什么。一件事情要做好做到位，一定不能停留于表面，相对于“做”，这个本质在某种意义上讲也是一种“知”。对于不同人来说，每一件事情的理解是不一样的。一千个人眼中有一千个哈姆雷特，同一件事情，不同的人有不同的看法很正常，关键是站在解决问题的角度，如何去理解这个事情。要认清事情的本质，要注意两点，一是要跳出来，从大处着眼，从局外去看，从多个角度去看，这样才能看到事物的全貌，处理的时候才能不限于盲人摸象的误区；二是要钻进去，抽茧剥丝，层层深入，深入到事物的内部去观察，再经过深入思考后，才能得出可靠 的结论。认识到事情的本质，你就会明白自己真正追求的是什么，即使受到干扰，也会心无旁骛。在实践中，很多人表面上忙忙碌碌，但是流于形式，并没有实质性解决问题，原因之一是没有那种洞察力，并没有了解到事情的本质需求。

最后，做好事情要有方法，要讲方法论，同样的道理，方法论就是“知”的一种。在现代全球化的社会，一方面信息流通高度发达，高效的通信网络已经拆除了人与人交流和沟通的各种篱笆，任何事情都不是孤立的，需要有全局的思维，系统的思维，做一件事情要考虑方方面面的影响，蝴蝶效应不再是一个传说；另一方面社会分工日益细化，专业人做专业事，如果不懂装懂，光靠蛮干苦干，一定会把事情搞砸。因此，做事情，一定要讲科学的方法，只有这样才能取得最好的效果，并将不良影响降到最低。需要指出的是方法论是一门科学，要真正精通某一种科学方法，一定要进行系统的学习和训练，不能浅尝辄止。比如要做好证券投资，你一定要掌握经济学、数理统计、博弈论等方面的专门知识。

我们前面讲了“知”对“行”的巨大影响，那么“行”对“知”又是如何发挥作用的呢？

首先一点，“行”决定了我们掌握哪些“知”。我们掌握的所有知识，都是为了指导我们的实践。实际工作和生活需要的知识，对我们才有现实意义。现在的知识浩若烟海，掌握所有的知识既不现实也不可能，明白了这一点，我们就不会在这个信息爆炸的时代迷失方向。无论我们学习什么，都不能为了学而学，而要结合自己的发展目标和长远规划，针对性去选择，然后通过对某个领域知识系统性的学习，成为这个领域的专家，否则，倘若我们什么都懂，却什么都不精，在这个分工高度细化的时代最终就会一事无成。可见，实践能够指引我们追求知识的方向，让我们积累的知识更有实用价值。

其次，“行”帮助我们找到真知。知识有很多种，有书本理论知识，也有实践经验。这些林林总总的知识良莠不齐，有的已经陈旧过时了，有的甚至是错误的，有的来自他人或自己个人经验，可能不具备推广价值。真知夹杂在这些所谓的知识里面，就像一把金子混在一堆沙子中一样。如何将金子找出来，就需要一个工具即筛子。实践就是一个具备这样功能的筛子，它不断去伪存真，将沙子筛掉，留下来真金。通过实践，如果事情做成了，我们就会强化对相关真知的认识；如果没做成，我们也会摒弃和修正我们原先不切实际或错误的看法和做法，日积月累，我们就会形成一套处理事情独有的方式和方法，建立起个人的知识体系。

最后，“行”和“知”的互动，能够让“知”内化为我们自身的素养和能力。再好的知识，一定要结合自己的实践去领会，知识不能只停留在脑子里，只有将其付诸实践，才能融会贯通，才能内化为自己的素养和能力。看的书不在多，而在于有多少能够为我所用。遇到一个好的知识点，要下意识在实践中去反复应用，失败了去反思问题在哪里，是自己理解有偏差，还是应用方法有问题，只有经过从大脑到实践，再从实践到大脑这样一个反复的过程，“知”对“行”的指导作用才能真正发挥出来。王阳明提到的“事上练”讲的也是这个道理。我在某段时间曾经读了一些书，但感觉收获不大，最重要的原因是未能将知识和日常的工作和生活有意识地结合起来，在实践中反复研磨体会，让那些真知最终融入自己的血液中，成为自己的自觉，我的个人经历印证了陆游“纸上得来终觉浅，绝知此事要躬行”这句话。

由此可见，“知”和“行”两者互为因果，互相影响，互相成就，两者是对立统一的关系，只有在实践中，将两者有机结合起来，我们才能迅速成长。

原始的生命

生命如此短暂，就像昙花一现，来不及在这个世界留下寥寥印迹，它就已经凋零，难怪尼采直接说生命毫无意义。然而，作为造物主在这个世界上最伟大的作品，原始的生命虽然短暂，但每一个都独一无二，精彩绝伦，它们构成了这个世界上最靓丽的风景，倒是世俗的生命因为人性的弱点失去了那些固有的夺目的光彩，从而变得庸俗不堪。

原始的生命有蓬勃向上的活力，就像一颗春天埋在地下的种子，在阳光照耀和雨露的滋润下，突破重重阻力，终于破土而出，生命的过程就是小草不断生长的过程，在这个过程中，它要遭受很多意想不到的磨难。在外力面前，它很脆弱，脆弱到好像不堪一击。炙热的阳光会灼伤它，会让它失去水分，枯槁萎缩，但是只要有一滴雨水降临，哪怕已经枯萎，它也会重新焕发勃勃生机；骤然而起的大风会裹挟着它，试图动摇它的根基，它不会正面对抗，而是会顺着风的方向倾倒，低下头甚至完全匍匐在地，但是只要大风一停止肆虐，它就又昂首挺胸，直起腰来；它也会被残暴践踏，甚至连根拔起，但是只要有喘息的机会，它照样会重新生根发芽，从头再来。虽历经万难，小草的目标始终如一，就是向上生长，从未改变。生命从诞生那一刻开始，就会像小草一样遭受很多磨难，它会因生理上的疾病而萎靡不振，会因郁郁不得志而情绪低落，会因受到无情打击而失去希望，但内在的活力和强烈的愿望一次次战胜这些困难和磨难，帮助生命继续完成它生长的使命。

原始的生命就像一条蜿蜒曲折的河流，奔腾不息。途中任何的障碍也阻碍不了它向前的脚步。遇到细小的礁石，它会毫不犹豫漫顶而过；遇到大的礁石，它会发出挑战的呐喊声，激烈冲撞，在它长年累月的冲刷下，这些礁石要么土崩瓦解，要么失去棱角，拜倒在它的脚下；对于横在前面的高峰，它也毫无畏惧，硬是开辟出一条条峡谷通道，继续滚滚向前。原始的生命就像河流一样，九曲十八弯，辗转百回，淌过高山和平原，面对途中不期而遇的险阻，它保持足够的勇气选择直面而不是逃避。历经岁月的铅华和沧桑，生命携带着厚重的积淀一路向前，最后万流归海，落于平静的至臻之境。

原始的生命更像一首华美的乐曲，每一个生命虽然音符各不相同，但是组成的段落却别无二致，都要经历少年的青涩、青年的激情、中年的华丽，最后到老年的宁静。每一个阶段都是不重复的，而是有着独特的和声。能够全神贯注地自由地欣赏生命的每一个音符，是我们此生最大的圆满，也是造物主给予我们最大的馈赠。然而世间一些诸如名声、财富、欲望等等外在之物，就像生命之曲的杂音，无时无刻不在吸引我们的注意力，让我们沉迷在这些短暂而肤浅的快感中而不自知，这些外在的诱惑，慢慢侵蚀了我们的心灵，让我们对美好的感觉越来越迟钝，乃至于天籁之音环绕身旁，我们仍然觉得无聊空虚。智者和平庸之辈最大的不同是，智者会主动通过观察、研究、透视、思考去分辨周围的一切，他的心灵已经筑起无形的过滤网，那些身外之物被过滤，它们无法干涉他的身心自由，他的生命不染纤尘，就像造物主最初谱写的那篇精美和谐的乐章。

让原始生命蒙尘的是人性中两个最大的弱点：贪婪与恐惧。在最初，出于求生的本能，人们不断地去追求和占有物质财富，因为这些财富能带来安全感，但是在财富的积累已经远远超过基本的生存需求后，贪婪的本性让人们欲罢不能，财富渐渐成为人身们身上无形的桎梏，就像葛朗台一样，临死那一刻，还死死盯着摆在桌子上的金子，连神父脖子上的镀金十字架也要抢过来。不受节制增加的财富慢慢掏空了人们的理智，让人们忘记了生命的来处和归宿。

恐惧是贪婪的孪生兄弟，两者如影随形。贪婪使财富越积越多，人们内心害怕失去的恐惧也随之增多。与贪婪相比，恐惧的伤害性更大，就像一个落水的商人，失去财富的恐惧会让他宁可抱着一袋金子沉入水底，也不愿意放手求生。恐惧让人们墨守成规，不肯放弃昨天的一切，不敢去开展新的尝试，害怕不能让你避免任何的伤害，故步自封只能是成为行尸走肉。而生命的奇妙恰恰在于你永远不知道在前方等待你的是什么，它不可预测，每时每刻都在变化，如果坦然面对，主动探索，智慧的火花就会迸发，绵绵不绝的想象力和创造力会让你感到生命的无穷魅力。

人的本质其实是个体动物，每一个人是造物主独一无二的作品。恐惧让人忘记了自己的本性。引起恐惧的一切因素都是纸老虎，它们表面上张着血盆大口，但是其实并无杀伤力。生命只是一个过程，它赤裸裸地来，也将赤裸裸地离开，得不到什么，也失掉不了什么。然而，恐惧让人变成了社会动物，人们总是在人群中寻找安全感，离人群的中心越近，就越能得到大家的认可，那么内心就越觉得安全。不被众人认可的恐惧，使得人们不愿意去主动寻求真理，就像柏拉图那个洞穴里的人看到的是影子，出去的人看到了真相，回来告诉大家的下场却很可能是被群殴。很多大众认可的东西往往只是幻象，不是相信的人越多，幻象就可以成真。如果说贪婪让很多人偏离生命的真正航道，那么恐惧就让绝大部分人一起成了世俗的奴隶，被囚禁在一个失去自由的樊笼里动弹不得，这样的生命固然安全，但有何意义可言？

在面对任何事物的时候，唯有克服贪婪的天性和内心的恐惧，敢于独立思考，不受任何传统的、既存的、大众的观点约束和影响，才能够拨开思想的迷雾，身心才会获得自由，唯其如此才能拂去世俗的浮尘，还原原始生命的本来面目，这样的生命才有意义。

游戏的力量

我第一次认识到8岁多的女儿的潜质是在今年春节期间，那是一个阴雨连绵的下午，百无聊赖，她缠着我陪她搭一种叫乐高的积木，我看图案只是一种很常见的房子之类的建筑，加上院子、人物、场景，too easy！没想到，我已经陷入了一场惊心动魄的战斗，一场成人和儿童智力、耐力、审美、专注力、随机应变能力乃至领导力的全面较量！关于这一点，直到游戏半程我才明白过来。

游戏开始了，我笨拙地按图索骥，边看图纸边找零件，手忙脚乱，甚至多次推倒重来，因为和图纸不对，看看女儿那边，她一脸从容，在看了一眼图纸后，就埋头有条不紊地布局，根本没有像我那样时时核对那些细节，而且不一会儿就有模有样了，我突然意识到和我的做法不同，她的心中有蓝图，她是在完成艺术品的再造，而非复制！

我倒吸了一口凉气，但并没有气馁，决定放下身段，投入战斗，看能不能在其他方面超过她。首先，结构方面应该比她有经验吧，对不起，好像不是这样，她如有神助似的，闭眼就能找到门、窗、玻璃以及安装的方向，根本不用对图纸，一气呵成，而我还要笨拙地反复试验；场景设计方面，她的方案看起来就是一幅画，建筑、院子、秋千、车辆、人物栩栩如生，我无法提出任何建设性的意见；细节方面更不用讲了，她对细节如此挑剔，所有人物的服装、饰品、颜色均有考究，我那可怜的美学素养在她振振有词中不值一提；有一次，有个零件不见了，谁也找不到，我憋着劲想首先找到，以此来证明我的存在感，她突然轻描淡写地来一句，老爸不用费劲了，我们用B方案吧！我当时真恨自己怎么不会变通！到后来我发现我唯一的优势就是力气，当她安装一个零件，一时使不上力的时候，我就大声说让老爸来，看到她乖乖放开手是我心里最放松的时刻。

我脑子突然冒出一个想法，当不好士兵，我可以当领导啊！于是心中一阵狂喜，可惜还没醒过来，她好像就知道了我的心思，这不头也不抬地说："老爸，快去找秋千的零件，院子搭完我马上要用了，我们分工合作，加油！"瞬间领导梦碎！直到这个时刻，我才真正意识到这场单方面的战斗我彻底输了！

游戏能给人带来至高无上的快乐，这场游戏历时三个多小时，我们全身心投入其中，女儿没有离开现场半步，可见其魅力！

人类在早期，一直享受游戏的乐趣，看各地考古留下的石刻图案，很多都有人们围着火堆翩翩起舞的场景，柏拉图甚至把游戏的意义上升到神的高度，他指出，什么是人的正确活法？人须像游戏一样活着。他和很多同时代的哲学家认为，人生的终极目标是幸福快乐，而游戏和快乐密不可分，游戏能够带来身心的愉悦，能够将人带入忘我的境地，现代正派成年人对所有游戏嗤之以鼻，认为其浪费时间，他们认为每天要做有意义的事情，殊不知，健康的游戏也是一种能力。特别是老之将至的时候，如果丧失游戏的能力，无聊之苦将不期而至！

游戏能够激发人的本能和直觉，我觉得输掉和女儿的“比赛”，其实很大部分原因就是常识输给了直觉和女儿与生俱来的优秀潜能，人类受的教育越多，就越依赖理性和知识，这些知识能够帮助我们在世俗社会立足，但是也会妨碍我们潜能的发挥，我们的直觉慢慢退化，独立思考的能力也逐渐丧失，遇到任何事情首先想到的是到知识库去寻找现成的答案，而不是从事情的起点出发去追本溯源。据说在欧美等发达国家的小学阶段，学生的主要任务是做游戏，在游戏中学习，单纯灌输的知识极少；与之相反，中国教育重视的是知识的统一传授，很多学校对学生本身体现出来的各方面的独特潜力视而不见，它追求所谓的考试结果，而不是去关注探索未知的过程。

通过这个游戏，我发现女儿身上存在那么多可贵的潜质：敏锐的直觉、毫不造作的审美观、自然的领导力、专注、乐观……我一方面感到欣喜，另一方面，深感忧虑，在当今这个教育大环境下，她会不会最终泯然众人矣，实未可知。

懒人怎么反而成功了？

社会上存在很多懒人反而更成功的现象，比如辛勤劳作的人不一定变得富裕，而不安分的人，反而发财致富；勤勤恳恳几十年如一日在办公室工作的人，从没有得到升职的机会，到退休也只混个科员，有些人几年的时间就平步青云，鹏程万里；有的演员演了一辈子戏，无论怎么努力，到死也只是戏中的路人甲，有的人却一夜成名，红遍大江南北；有的老板凡事亲力亲为，研发、销售、后勤、财务无所不能，关键是还努力，每天工作十二个小时以上，堪称劳模，但企业就是做不大，有的人少年得志，几年之间公司就上市，成了亿万富翁……这种现象，身边比比皆是，很多时候人们将失败的原因归结于出身不好、运气不佳甚至社会的不公等因素，事实真的是这样吗？如果真是，相信很多人会心里松一口气，会为自己的失败找到一个完美的借口而释怀，然而，真相往往是残酷的，我认为，勤奋不一定会成功，但成功的概率确确实实比懒惰大很多倍，而很多失败者所谓的勤奋并不是真正的勤奋，我姑且称之为“伪勤奋”，这才是他们不那么成功的根本原因。

在展开讨论勤奋和成功的关系之前，我先给出一个名词来描述成功，大家知道，世俗的成功有很多种，大的成功无外乎名气爆棚、财富敌国、权倾天下，等等，我将这些所谓的成功均抽象为一个名词叫“影响力”，无论是名气、财富还是权势地位都是一种“影响力”的衍生品。“影响力”是分层次的，它呈金字塔形，越是处在高层的人影响世界的力度和广度就越大。比如处在塔尖阶层的某个思想家或科学巨匠，他的影响范围是全世界，处在中层的行业精英的行为可能影响整个行业，而我等市井小民的言行只能影响身边的家人和朋友，所以处在底层。

处在不同层次的人，表面上看，做的是同样一件事情，付出同样的劳动，但产生的影响力是不一样的。比如，证监会主席对某个公司提出的批评和社会上不知名人士提出的批评效果完全不可同日而语，前者可能让公司的几十亿市值瞬间蒸发，而后者可能对对方毫发无损；某个山区的农民每天工作十几个小时，一年到头只产出几千公斤的稻谷，赚几万元人民币，而大型农场运营者，一天工作五六个小时，机械化大生产，一年可以产出几百万斤粮食，产值几千万美元；一个国际巨头公司的老板，每天一半的时间在打高尔夫球，而一个几十人公司的小老板每天忙得天昏地暗，相比之下，大公司的老板不但公司利润可观，年薪也是小老板望尘莫及的。我认为，所有这些现象产生的原因是他们处于不同的影响力层次。每个人带来的价值和影响力不是取决于他付出的努力，而是取决于他所在的层次。所以，不同层次的人，比较勤奋和懒惰毫无意义。要想和高于你层次的人比付出和回报，唯有爬到他相应的层次才有资格。

所有的人都想往金字塔的上层爬。这其中包括胸怀远大抱负的思想家、艺术家、科学家，他们不断努力，想在更高的层次去影响更多的人；哪怕是凡夫俗子，穷其一生，追求的目标是金钱、名声或者权势，实质上还是想爬到影响力金字塔的上层，爬到上层他们也就拥有了想要的一切。那么怎样才能摆脱低层次的宿命呢？我给出的答案还是勤奋。在讨论勤奋之前，我们讨论提升层次的三个前提：

要提高影响力的层次，首先要提升自己看问题的高度，也就是说，要努力跳出自己所在的层次去看问题，站的高度越高，自己解决问题的能力越强。很多人之所以穷其一生浑浑噩噩，很重要的原因就是一直是井底之蛙，看不到外面的世界，也不愿意去尝试改变。雷军做了十几年中关村劳模，但公司一直做不大，他总结原因是自己战术上的勤奋掩盖了战略上的懒惰，说的其实是自己站得不够高。所以他二次创业做小米手机的时候，一开始瞄准的就是世界级的公司，再加上他的团队与生俱来的勤奋基因，短短几年就取得了超过原来十几年取得的成就。

其次要有全局思维能力。看待任何事物，不能只见树木不见森林，盲人摸象式的处理方式，再勤奋也解决不了根本问题。因为任何事情的成功，绝对不是局部的成功，而是全局的成功。很多人喜欢下围棋，真正的围棋高手都是有全局思维的人，他们往往注重的是全局的布局，不太重视局部的得和失，因此才能获得最后的胜利。

还有系统思维的能力。这个世界上任何事物都不是独立存在的，而是由很多部分有机组成的。正因为如此，做任何事情，一定要有系统思维的能力，不能顾此失彼。研究一个事物，要看它由哪些部分组成，哪些是主要因素，哪些是次要因素，哪些是因，哪些是果，只有理清了其中的内在联系，才能将事情处理圆满。反之，如果只解决一部分问题，不但不能解决整个问题，反而可能带来一些新的次生问题，无穷无尽，所以系统思维的能力是解决复杂问题的必要条件。

具备了上面几个前提，我们就要通过勤奋提高我们的层次，改变我们的命运：

首先是勤于思考。不过这里说的思考不是一般意义的思考，而是深度思考，什么叫深度思考呢？我将思考分为如下几个层次：

一是看。所谓看，就是只是观察事物的表面，通过看得出结论。

二是摸。所谓摸，就是通过初步的接触，浅尝辄止，得出结论。

三是探。所谓探，是深入事物的内部，通过了解藏在表面的真相，得出结论。

四是思。所谓思，就是了解事物的真相后，通过演绎法，找出内在规律，形成普遍性的行动指南。

只有处在第四层次的思考才称得上深度思考。我们要在所在层次表现出色，脱颖而出，一定要有深度思考的能力。为什么有的人表面上很努力，但是结果却差强人意？其根本原因是缺乏深度思考能力，做事情为做而做，知其然不知其所以然，做的事情重复一百遍，结果还是一样，没有改善。有的人，表面上看是一夜成名或者很短时间成就大业，其实偶然之中有必然，原因是他具备深度思考的能力，在机遇来临之际，在很多人无视它的时候，紧紧抓住稍纵即逝的机会，用尽全部气力去争取最大的成功。

一个人要提升自己的层次，既要会思考，也要勤于思考，只有这样才能不断积蓄能量，影响力的层次才能越来越高。前面谈到很多表面上没那么勤奋却很成功的人，往往是勤于深度思考的人，他们的成功绝非易事！毫不夸张地说，这个世界上最大的懒惰恰恰是思想的懒惰！

其次是勤于实践。思考固然重要，但是如果不实践，一切就是水中月、镜中花。有的时候，虽然方向正确、策略正确，但是如果不努力去做，要想获得好的结果也很难。实践的过程是不断试错的过程，也是通往成功的必由之路。苹果手机研发早期，乔布斯就定下了简洁到极致的设计理念，为了贯彻这个理念，他亲自参与到设计和生产的各个环节，正因为他对细节重视到吹毛求疵的地步，所以才带来千千万万个果粉对苹果产品的狂热追求，苹果才在商业上获得巨大的成功。

最后，我谈谈几种常见的“伪勤奋”者：

一种人是每天看似忙忙碌碌，但其实做的是同样的事情。这种人表面上对现状不满，其实内心是满意的，他无意或不敢对现状做任何改变，只要能换取目前的稳定，宁可体力和心力上累一点也没关系。这种重复的勤奋产生的价值极其有限，它不能对自己的提升产生任何正面积极的影响，典型的代表就是办公室里面的老黄牛们。

第二种人当下什么红做什么，不做前期的深入调研和思考，盲打莽撞，错了大不了重新再来。他们很多时候做的是无用功，无谓的试错成本太高。这种人越勤奋，带来的伤害就可能越大。以当下为数不少的互联网创业明星为代表，你不能说他们不勤奋，但是这种勤奋带来的后果可能是巨额投资短时间内的灰飞烟灭，这种勤奋不是“伪勤奋”还能是什么？

第三种人是缺乏思想的高度，虽然想改变现状，想突破，但是找不到出路。因为高度不够，看不到全局和发展的趋势，只能跟在人后面，亦步亦趋。这种勤奋的结果是缓慢的量变，永远无法带来质变，即层次的提升。这种人以千千万万的小作坊主为代表，他们一直想不明白的是为什么人家喝着咖啡顺便就把钱给赚了，而自己每天当牛做马却只能混个饭饱。

读到这里，你还认为懒人能获得成功吗？

向内的智慧人生

我们所在的世界越大，个体就显得越渺小，如何客观看待自己，如何看待自己和世界的关系，这个问题困扰着人们：是不断将眼光朝外——就像我们探索外太空的奥秘一样，还是向内，向人的内心深处寻找问题的答案？

向内，似乎是我们的不二选择，因为，世界再大，毕竟是我们眼中的世界，它到底是什么样子还取决于我们怎么看。只有不断提高自身的认知能力，解决如何与自己相处、与他人相处、与世界相处的问题，我们才能在这个世界上泰然处之。

和自己相处

人的一生，都在自我肯定和自我否定中摇摆，这个摇摆的过程就是寻找生命意义的过程。

雅典德尔斐神庙石柱上镌刻的那句“认识你自己”一语中的，生命的觉醒从认识你自己开始。苏格拉底说“不经过审视的人生不值得过”，讲的就是人的一生就是不断发现自我、认识自我的过程。人来到这个世界，一定有各种各样的不如意，这种不如意主要是和别人比较的结果。得到了，就洋洋自得，得不到就闷闷不乐。如是循环反复，渐渐就迷失了方向，不知道自己存在的意义到底是什么。认识自我，就是要把自己作为一个独立的个体来对待，人活着不是为了别人，自己的存在一定有独特的意义，这个意义不能从和别人的比较中去寻找。普通人的一生，都是从一个模式刻出来的，成年前要接受从小学到大学的教育，这个教育是普适性的，这恰恰和人的本性相违背。没有一个人的DNA是相同的，怎么可能按一个模式去培养呢？除了学校，社会也有统一的评价体系，这个体系分出来所谓的成功和失败，成功者名利双收，失败者一无所有，并被他人所鄙视，中间的绝大部分人就是所谓的平庸之辈。

现代人要摆脱传统观念，首先要认识自己，认识自己的独特，要漠视他人的眼光和评判，坚定走自己的路。在摸索的过程中，因为与众不同，会被人另眼相看甚至唾弃，但是要时时记住肯定自己，只有肯定自己，才能具备继续走下去的勇气。没有一片树叶是相同的，所有外在的如外貌、出身、年龄等都不能构成自卑、自弃的理由，以此来攻击别人的人反而内心不自信。文明社会发展只有几千年，但是形成了约定俗成的道德、伦理观念，这些观念也会束缚人的思想和行为。认识自我的最高阶段是所谓的善恶、美丑都取决于自己的认识和看法，这个认识和看法，不一定要和大众约定俗成的相一致，只有到来这个阶段，人才是自由的，到了这个阶段，人才是一个真正独立的自我，才是自己生命的主宰。

和他人相处

人离不开社会，人们的很多烦恼和社会密切相关。要想和社会和谐共处，一定要处理好和他人的关系。与他人冲突的原因是不理解。其实，通常是我们走入了一个误区。很多时候，我们解决和他人的关系问题时，倾向于将责任推向他方，而不是向内从自己身上寻求答案。

不要在意他人的评价。人的天然属性就是追求别人的肯定，从幼童开始，我们就希望获得父母的赞许。等长大成人，我们更加渴望周围人乃至社会的称赞，我们努力按社会大多数人的行为标准去生活，生怕越雷池半步。然而，我们要明白的是其实并没有几个人在意你，即便你辛辛苦苦换来所谓的成功，也只能招来身边人的妒忌，只要有机会，有人就会在你不如意的时候落井下石。别人评价你，是站在他自己的立场，而你只要按自己的想法去做即可。

我们无法改变别人。这个世界上最愚蠢的行为莫过于试图改变他人。你永远只能找到和你志同道合的人，但你无法将身边的人改变成你想要看到的样子。人的性情、道德品质、智力水准都是很早就形成的，正如一句老话“三岁看老”，讲的就是这个道理。如果我们自以为聪明强行去指出别人的问题，试图去改正它，只能更激起对方的反感。叔本华讲过，如果有人在这个世上，一直严肃地在最重要的问题上教育别人，那么这个人能全身而退就要感谢上帝。所以和他人合作最好的方式要么是找到我们需要的人，要么是接纳现有的人的缺点，不是试图改变他，而是和他和平相处，找到并利用他的长处。

忽视是为了赢得尊重。如果在和他人相处的时候，你让人觉得你在依靠他，那么不可避免他的心态就会失衡，对于大多数人来讲，在对待他们的态度上加入一点忽视成分反而没有什么坏处，这会使他们更加珍视你的友谊，就像一句意大利谚语所说的，忽视是为了赢得重视。

学习他人之道。每个人的所处的位置、环境不一样，“两个人做同一件事情，那已经不是同一件事了”，我们在学习他人成功之道的时候，一定要结合自己的实际，保持自己的独特性，独特性才是自己的立身处世之本。

和世界相处

和世界相比，我们每个个体何其渺小。我们每个人就像一叶扁舟，在命运的海洋里漂泊，永远不知道下一秒迎接我们的是什么。那我们是不是就找不到和世界和谐相处的办法呢？答案是否定的。

首先，这个世界是个怎样的世界，很大程度上取决于我们内心的看法。如果我们采取的是积极乐观的态度，我们眼中的世界就是欣欣向荣的。我们采取欣赏的眼光看待万事万物，世界就会以笑脸回馈。一个智慧的人，从来不会刻意寻找所谓的世外桃源，因为他知道，世外桃源只是人们的幻想，而眼下呈现的才是最美的风景。

这个世界上任何事情，从一个更长的时间跨度来看，没有绝对的好与坏、得与失，我们赤裸裸来到这个世界，最后也将两手空空离开。任何事情，无论结果如何，都只是我们短暂生命的一段经历、一个插曲。生命正是有了这些跌宕起伏，才值得让人回味。所以遇到任何事情的时候，尤其是挫折和磨难的时候，我们都应该泰然处之。明白了这一点，我们就可以更从容地过好每一天。

世界如此辽阔，个体如此渺小，我们怎样才能不负韶华，度过那稍纵即逝的短暂一生？我们不用费尽心机到外面去寻找答案，因为答案就隐藏在我们每个人的心中。

只做一件事

我们每天都在为工作、为生活忙忙碌碌，在心力交瘁的时候，是不是只是感叹人生之不易，却没有真正想过哪些事情是必须做的，哪些事情是无用功呢？如果我告诉你，你付出的 80% 的努力是无关紧要的，你是不是有点将信将疑？

那我们先从“帕累托法则”讲起，这个法则最初是研究经济现象的，就是说这个世界上 80% 的财富集中在 20% 的人手里，后来延伸到社会生活的方方面面，又称为 20/80 法则，意思是少量的原因、投入或付出常常产生大量的结果、产出或回报。经过长时间的实践检验，人们越来越接受这个法则。符合这个法则的例子也比比皆是，比如如果你是一个球迷的话，你会发现球队的大部分得分都是由一两个明星队员完成的；如果你是一个公司的负责人的话，你会发现大部分公司的销售业绩主要是由前几位的大客户贡献的；再比如表面上看，人的一生似乎有很多选择的机会，但其实关键的影响你一生的选择只有那几个，比如上什么样的大学，选择什么样的专业，从事的第一份工作、选择谁做你的伴侣，这几个关键的选择几乎决定了你一生的命运，其他的大部分选择对你的人生几乎没有太大的影响。

研究一下古今中外在某些方面取得成就的人的人生轨迹，几乎可以发现一个共性，就是他们将所有的精力放在最重视的事情上，一生只做一件事情。

中国首位诺贝尔医学奖获得者屠呦呦，她的一生就研究青蒿素，居里夫人一辈子就研究放射性元素。成功的公司也是一样，有人问任正非华为成功的原因，他说哪有什么秘诀，就是几十年如一日，聚焦通讯这个行业，几万人、十几万人往一个方向努力，事实确实如此，在中国房地产行业如日中天的时候，华为是唯一一个经受住遍地黄金的诱惑不炒房地产的大公司。谷歌公司有强大的研发能力，但是它始终没有偏离搜索引擎这个主航道，因此才始终在全球搜索领域处于绝对领先的地位。第一本牛津英文大字典据说是由一个高中生和一个疯子用几十年的时间撰写的，这些人和公司就是成功地运用“帕累托法则”，将自己的目标有意优化缩减到很窄的一个领域，然后全力以赴、心无旁骛地去完成它，因此才取得惊人的成就。

只做一件事，作为一种思维方式，可以应用到我们工作和生活的方方面面，如何在具体实践中运用只做一件事这种思维方式呢？

目标越少越好。无论做什么，先要确定目标，我们确定目标的时候，可以将目标定得足够大，但是在一个阶段内目标数量要尽可能缩减，范围尽可能缩小。只有这样，目标才更明确，才更容易聚焦。先从所有待办事项中挑选 20% 自认为重要的事情出来，然后再从 20% 中挑选 20% 更重要的事情出来，不断优化，直到最后只剩下一件最重要的事情。

在这方面 Facebook 的 CEO 扎克伯格是一个典型的例子。看看他的年度计划：

2010 年，学习中文；

2011 年，只吃自己亲手屠宰的动物；

2012 年，每天写代码；

2013 年，每天和不同的人见面；

2014 年，每天写一封感谢信；

2015 年，每两周读一本书；

2016 年，开发一款智能助手，跑步 587 公里；

2017 年，走遍美国的每一个州；

2018 年，专注解决 Facebook 的问题；

2019 年，主持一系列公开讨论活动。

很显然，扎克伯格一年不是真的只做一件事，而是列出那一年最重要的事情，而这件事情是他当年必须要完成的。

目标分解。目标确定下来后，如何确保在规定的时限内完成，很多时候是一个难题。如果只是基于长期目标来决定当下做什么事情，那么就不知道真正该做什么，或是觉得目标难以实现。遥不可及，心中会产生畏难情绪。为了不让目标成了水中月、镜中花，就要将目标按阶段分解，同时找出要实现这个目标，最重要的事情是什么，层层推进到当下最重要的事情。将当下的行动和明天的目标直接对接，马上可以看到效果，这样无疑会大大增加完成目标的信心。不积跬步，无以至千里，定下每年、每月乃至每天要走的路，从今天开始，每天完成一个小目标，路再长，也有走完的那一天。

全力以赴完成当下重要的事情。既然是最重要的事情，直接决定阶段性的目标能否实现，那么一定要调动能调动的资源确保最好的结果。历史上一些军事战略家在用兵的时候，往往是集中优势兵力打歼灭战，两军对垒，己方总是有几倍于对方的兵力，通过这种方式去保证己方取得局部胜利，积小胜为大胜。我们在做具体事情的时候，不要平均分配资源，最重要的资源一定是得到支持最多的，特别是时间。

史玉柱是大家熟悉的企业家，他拥有三个公司，分别是保健品公司、游戏公司和金融投资公司，这三家公司是先后开业的，每个都很成功，他总结的秘诀就是，一个公司运作成功后，他就将这个公司完全交给职业经理人去运营，自己全身心投入到下个公司的运作中去，全力以赴，心无旁骛，不再为前一个公司操任何心思，用他的话说就是集中优势兵力（精力和时间）做当下最重要的事情，因此他每个公司都达到了一定的高度。

要记住，当你在预估完成某件事情需要的时间时，你实际花的时间永远会比预计的多，明白了这个道理，在做事情前，就要注意留出足够的预备时间，这个预留的时间就相当于战场上的预备部队，相当于几倍的兵力，是圆满完成重要事情的重要保证。

“只做一件事”是一种思维方式，它让我们的身心从繁杂的事项中解放出来，聚焦于最重要的事情，拥有这种思维方式，再远大的梦想也许都不再遥不可及！

伊壁鸠鲁快乐哲学的启示

作为古希腊的一名哲学家，伊壁鸠鲁思考的问题是：如何尽可能过好这一生，尤其是在人生只有一次的前提下。

经过多年的深思熟虑，他给出了他的终极答案，即收获快乐，特别是那种宁静致远的快乐！他将人类的需求分为两种，一种是必需品，比如吃饭、住房等；另一种是为非必需品，如性等。虽然他主张要收获快乐，但他绝不是现代意义上的享乐主义者，相反，他的日常生活很简约，比如每天以小小的扁豆为食，他认为精神上的愉悦持续时间远远超过物质上的享受，物质上的奢靡很多是商人们刻意营造出来的需求，一个奢侈品带来的快乐或者新鲜感很短暂，商人们马上又创造一个新的出来，人们在不断追逐，却已迷失自己，用他那句金句概括就是："什么都无法满足不知足之人。"

如何才能收获伊壁鸠鲁式的快乐呢？他给出的途径之一是远离生意和政治，他说最快乐的人生莫过于摆脱那些强加给自己的生意和政治上的欲求。现代人无法完全摆脱工作的羁绊，但是我们可以从心态上做一个调整，在工作和休闲之间取一个平衡，即工作时努力工作，并在工作中体会过程的乐趣，而不是完全追求结果；休闲时极力享受，享受一切能够给自己身心带来愉悦的事物。在人生的前半段可以往学习和工作倾斜，在后半段，可以往享受倾斜，尽量去寻求生活的乐趣。

在物质方面，我们做不到像苏格拉底和伊壁鸠鲁那样简朴，但我们完全可以只追求满足基本甚至舒适需求的物质，过分的物质，非但不能为我们带来快乐，反而会成为我们生活的包袱。很多富二代即便拥有用不尽的财富，但还要在嫖赌抽中去寻求刺激，找错了方向，当然就找不到真正的快乐。近年来，世界各地刮起了的极简生活的浪潮，强调“断舍离”，就是人类对过度追求物质的反思和纠正。

伊壁鸠鲁认为，让人终身幸福的莫过于拥有友谊，这句话同样适用于当世。友谊真挚与否与双方的教育程度和社会阶层无关，事实上，最真挚的友谊之所以被人们接受、热爱，源于双方付出的真心。伊壁鸠鲁创建的“花园”社区，对妓女都敞开大门，可见他对友谊的开放程度。正如唐代诗人李白所言，“酒逢知己千杯少”，真挚的友谊，能够驱散孤独感和疏离感，让人身心愉悦。当然，现代人的生活节奏越来越快，一方面大家都忙于工作和学习，很难有时间做真正的心与心的交流；另一方面，现在的一切都物化了，夹带了太多的功利因素，这样的友谊是经受不了考验的！所以，朋友的数量不在多，而在精，交朋友时要擦亮眼睛，宁缺毋滥。

拥有闲散时光本是一件很幸福的事情，但是当人真闲下来的时候，一种无趣感就会扑面而来。个中原因就是很多人已经失去了游戏和思考的本能。游戏本是人作为动物的天性，看看门前的两只小狗每天乐此不疲地跳跃、奔跑，它们的快乐是由衷的、本能的，其实，我们人类也有这种天性，只不过作为高等动物，我们发明了各种各样的运动，如跑步、登山、跳舞，搏斗……还有更高层面的游戏，比如艺术、绘画、歌剧、电影……如此多的游戏项目，我们怎么可能无趣、无聊呢？为什么古希腊诞生了那么多哲学家甚至科学家，其中一个原因是整个社会对闲散生活的宽容甚至推崇，让脑子从日常繁杂的事务中解脱出来，就能去做更高层面的思考，即形而上学方面的思考。当代人如果每天能空出一两个小时打打坐，将脑子清空，说不定幸福感会不期而至。

活在当下，也许是我们当前很多人幸福感不强的最好解药。很多人要么沉迷于追忆过去的美好时光，要么对过去懊丧不已，悔不当初，殊不知，过去的永远过去了，就像赫拉克利特说的，“人不能两次踏进同一条河流”，追忆过去并不能解决当下的问题，反而徒增烦恼。当然，一味地憧憬未来，也无助于幸福感的获得，未来的变数太大，个人的力量在命运面前，渺小得不值一提。

人类唯一能把握的是当下，活在当下，相信当下就是最好的安排，“一沙一世界，一花一天堂”，还有比当下更好的吗？

世界是圆的

最近，又有人提出了一个新理论——当然每天都有人提出新理论——认为宇宙是圆的。如果这个理论被证实是真的话，那么意味着人类其实被困在一个封闭的球体里面，只是这个球体大得超出了我们的想象。

宇宙实在是太大了，以我们现在的技术手段来看，简直是无边无际。人类七十年代发射的深空探测器旅行者 1 号和 2 号，按每秒十四公里的现行速度，需两万年才能脱离太阳系，到达银河系的边缘更是遥不可及。而银河系只是茫茫宇宙的沧海一粟，人类要到达宇宙的边缘也许只是一个幻想。

鉴于宇宙的浩瀚无垠，在目前的技术条件下能得出宇宙是圆的结论很不容易。但是，稍稍琢磨一下，这个结论也属意料之中。毕竟我们目前能观测到的天体包括和我们日常生活息息相关的地球、月球和太阳，乃至更远的行星和恒星等都是球形的，此外，这些天体都在围绕着某个核心做圆周运动。由此推断出我们的宇宙也是球体，这一点也不意外。

如果说我们生活的环境包括宇宙、地球都是圆的，都在围绕着圆心做圆周运动，那到底意味着什么呢？

大家知道，球形有一个特性，就是从任一点出发，一直朝着同一个方向前进，无论你花多长时间，走多远，最终都会回到起点！麦哲伦就是这样证明地球是圆的。从起点回到最初的起点所花的时间，我们称之为一个周期。这个周期是规律性的，只要速度不变，事物就按一定的周期周而复始地循环。

如果连我们生活的载体都是圆的，那么有没有可能其实我们周围的一切都蕴藏着周期性，唯一不同的就是其周期大小呢？你看每天太阳从东边升起，傍晚在西边落下，周期是一天；月亮盈缺变化，周期是一个月；花开花落，四季轮回，周期是一年；海水蒸发到天上，变成云彩，云彩又在空中汇聚，变成雨雪，降到地面，通过小溪、河流中又回归大海，周而复始；所有动植物也都有生命周期，包括人本身。这些动植物从种子（或者胚胎）开始，逐渐成长，到发育成熟后，就逐渐衰老，慢慢凋谢，直至回归泥土，再重新孕育新的生命，开始新一轮的循环。虽然每个周期时间长短不等，但每个种类的生命周期相差无几。

我们进一步思考，是不是所有的事物都遵循这种周期性变化的规律，或者是无限个周期性变化的叠加呢？周期性有没有可能是隐藏在一切事物背后的那个元规则或者第一性原理？

学过高等数学或信号处理的都知道傅立叶变换，任何连续测量的时序或信号，都可以表示为不同频率的正弦波信号的无限叠加。通俗来说，就是任何一个随时间变化的事物（函数或信号），都可以分解为若干周期变化的因子的叠加。从这个变换也侧面论证了事物周期性变化的共性。

如果所有的事物都遵循周期性的规律，是否意味着任何事物无论如何发展，最终都会回到起点？是否意味着到达顶峰之日，便是衰退之时？

老子对此有深度的思考，他说："反者道之动，弱者道之用。天下万物生于有，有生于无。"又说："飘风不终朝，骤雨不终日。"讲的都是物极必反的辩证法。这个辩证法隐含着事物周期性变化的规律。

从历史发展的进程来看，古今中外再强大的王朝，随着时间的流逝，都灰飞烟灭，从公元前的波斯帝国、亚历山大帝国，再到后期的古罗马帝国、中国的唐王朝，无论当初如何强大，都逃脱不了灭亡的命运。罗马帝国的发展史尤为明显。该帝国先从古罗马城发家，并孕育了古罗马文明，然后通过不断对外扩张逐渐成为横跨欧、亚、非的大帝国，到达帝国的巅峰，然后不可避免衰落下去，分裂为西罗马帝国和东罗马帝国，到最后先后灭亡。这个过程和自然界的动植物的成长历程如出一辙。

企业的发展也是一样的道理。早些年，大陆很多企业学习台湾地区的企业，将“永续经营”列入公司的经营目标，甚至作为企业的宣传口号。我认为这个提法是有问题的，在实践上也是有害的。因为它违背事物发展的规律，这个规律就是所有的企业最终都会破产，根本不可能有什么永续经营的企业！提这个口号是自欺欺人！我们只需简单回顾一下，从现代商业社会诞生之日起到现在也就区区一两百年，当初做得风生水起的企业，到现在还有几个存活于世？哪怕存活了百年之久的所谓百年老店，谁敢说还能再存活百年？这和大环境、小环境都没关系，它是企业发展的客观规律。

综上所述，无论是社会组织还是个人，变化是常态，而且都遵从一个“圆”的演变轨迹，无论目前处在什么阶段，都有回到起点的趋势。那么人们不禁要问：是不是我们注定会陷在一个死循环里面，无论我们如何困心衡虑，结局一定是悲观的？难道就没有应对之策吗？

答案是“有”，且听我细细道来。

首先，我们要从思想上尊重事物发展的客观规律，认识到“圆”的规律的不可抗拒性。任何社会组织或者个人，形态上一定是要死亡的。不肯直面这个趋势，就是自欺欺人，欺骗可以带来短时的心安，但是伤害却是长远的。好比古代的皇帝相信人可以永生，因此想尽办法追求长生不老药，最终不但愿望落空，而且因服下那些重金属炼成的丹药，加速了死亡。

虽然死亡不可避免，但并非意味着我们要么日坐愁城、束手无策，要么只能采取自欺欺人的消极态度。其实我们还有一种选择，那就是坦然应对，向死而生，活出精彩来。以个体为例，我们如果采取积极的措施，不但可以延缓死亡的步伐，还能够提升存活的质量。比如我们可以定期检查身体，身上长有痈疽及时挤出；经常清理肠胃，排出里面的毒素，从而使身体更健康；我们还可以加强锻炼，保持抵抗外来病菌侵蚀的能力。所有这些措施虽然不能避免死亡，但是能够让我们活得更久、更健康。其中道理，个体如是，企业如是，国家亦如是。

其次，我们还可以未雨绸缪，在未到达顶峰前，采取预防性的措施，当旧的循环不可避免进入下坠通道之时，启动新的循环，开始新的生命历程。就像一个成年人，当他年富力壮的时候，就开始孕育下一代，并用心哺育他，让他茁壮成长。等自己年老体衰要和这个世界告别的时候，携带自己基因的新生命已经成长起来，这在某种意义上不就是重生吗？

这个道理对于企业也适用。企业经营到一定年限，不可避免会产生人员思想僵化保守、产品老化逐渐落伍等问题，如果只是采取改良性的措施，也许可以延缓企业破产的时限，但是不能从根本上解决问题。最有效的措施，就是在企业还处在巅峰的时候，急如星火，加紧研究市场发展的趋势，优化组织结构，引进新鲜血液，研发新的产品，等到旧的循环从最高点坠落，新的产品已经诞生，企业就可以措置裕如，在更高的起点上开始新的循环，向更高的巅峰冲刺。这种螺旋式增长的方式大大延长了企业的生命周期，使企业实现了高起点的重生。

世界也许是圆的、封闭的，但人类的思想却是发散的、开放的。有句话是这样说的:“思想有多远，我们就可以走多远。”

信哉斯言！

不惑之惑

这个世界很奇妙，比如一道曾经让你百思不得其解的难题，某天换个视角，一下子就迎刃而解了。其实某些问题以前之所以成为难题，甚至成为你的心结，往往是因为认知存在一些障碍，我在这里称之为“惑”，是它们蒙住了你的眼睛。一旦破除了这些认知障碍，不但难题得到了解决，你的身心也会获得自由，那种天高任鸟飞的感觉简直太好了。那么我们日常生活中到底会遇到哪些“惑”呢？下面让我们来看看。

真的没有什么大不了的。我们周围是不是有很多人天天活在焦虑中，为孩子的学习焦虑、为自己职场前途焦虑、为家庭的琐事焦虑，就像一位谨慎的棋手，生怕一步走错，导致满盘皆输。他们诚惶诚恐，但还是会犯错，考试成绩不佳、失恋、升职遇阻、创业受挫等不会因为他们的担心而不降临到头上，这更加剧了这些人的不快乐，我认为这是一种心理疾病，但病因是什么？如何治疗？其实很多人心理紧张是因为将人生错误地看成了竞技场，将周围的人都看成了潜在的竞争对手，害怕落在别人后面，怕一步落后步步落后，连刚刚上学的小学生，家长都怕他们输在起跑线上。人生其实是一场孤独的旅行，只有短短几十年光阴和沿途的风景，你得不到什么，也失去不了什么，世间的一切名、利和财都是身外之物，无论你如何想抓住它们，最终都会竹篮子打水——一场空。一个人真正幸福与否，在于他的内心，所有外在的和可以物化度量的都不是关键因素，你是否虚度此生，完全取决于你的处世态度，别人帮不了你，也阻拦不了你。明白了这个道理，即使有一时的不如意，放到更宽广的时间和空间范围去看，紧张的神经也会松弛下来，真的没有什么大不了的！

面子最不值钱。很多人穷其一生，就为了一个面子。中国有句俗语说得好：死要面子活受罪。爱面子的人一般有这几种表现：过于在意别人的评价；试图讨好身边所有的人；不敢拒绝自己不愿做的事情；因为害怕失败而不敢尝试，这些人之所以有这些表现，其实是存在认识的误区，比如其实没有多少人真的在乎你，既然这样，你根本就无需看他们的眼色行事，对不对？西方也有句谚语——“自己的脸只有自己在乎。”说的就是这个道理。无论你如何努力，你身边一定存在讨厌你的人，真正喜欢你的人，你无需为了他的面子去刻意逢迎，说出你的真实想法反而会交到真正的朋友；失败不一定让你失去面子，但是因为害怕失败而不敢尝试，一定会让你失去超越自我的机会。面子是虚无缥缈的，只要不在乎，你就会发现它影响不了什么，反而会让别人失去攻击你的武器。忠实于自己的内心，永远别为所谓的面子而活！

接纳自己。注意，不是肯定自己，而是接纳自己。很多情况下，如果存在明显的缺点，不从根本上正视它，光肯定自己的长处，有点自欺欺人的感觉。接纳自己，意味着肯定自己存在的价值，即使有那么多的缺点，也不能嫌弃自己，不能看不起自己。对于缺点，改变能改变的，接受不能改变的，比如对于不能改变的先天性的不足，先从心理上接受它，然后尝试换个角度看，往往能将劣势变成自己前进的动力。金无足赤，人无完人，接纳不完美的自己，是走向成熟的第一步。

活在当下。有两种人没有活明白，一种是每天在后悔中度过，后悔自己当初的选择，后悔当初没有按后来证明是正确的方法去做。因为沉浸在过去中，所以他不断失去更多的机会，他不明白过去的永不再来，唯有抓住现在，才有变好的可能。还有一种人，要么生活在对将来的忧虑中，要么生活在对将来的憧憬中，就是没有关注现在，他不明白的是，如果想要什么，而不从现在开始去争取，将来怎会凭空达到目标呢？临渊羡鱼，不如退而结网，活在过去和未来，都不如老老实实活在当下！

人生的前和后没有必然的联系。很多人将现状的不如意归结于过去，这个想法为不去改变现状提供了一个完美的借口。确实，过去的一些事情会对现状产生影响，但这不是必然的。比起弗洛伊德的所谓一个人的命运可以追溯到他的童年的原因论，我更赞成阿德勒的现在和过去没有关系，搬出来的过去无非是特意为现在解脱的目的论。前一段时间，曾有报道说一个成年男子在路上暴打了偶遇的二十年前的老师，他解释动机是因为那位老师曾经体罚过他，给他造成了难以愈合的心灵创伤；还有的人对自己的父母一直心存怨恨，原因是年少时他们对自己过于严厉。这种人要解开心结，一定要明白一点，并不是他所谓的过去造成了现在的种种不如意，而是他为现在的不如意找了一个借口。如果他真的要改变现状，并非不可改变，而且什么时候也不晚！无数事实也说明，出身贫寒不会必然导致成年后也陷入贫困；恶劣的家庭和外部成长环境也不会必然导致性格的缺陷，关键是我们是不是真正下了决心去改变自己不满意的现状。认识这一点的意义在于，它可以让我们不再纠缠于过去的人和事，从怨恨的情绪中解脱，真正地活在当下。

当我们彻底放下，不为这些“惑”而惑的时候，我们就会发现人生一下子豁然开朗起来，未来变得充满了无限可能。

不争辩的智慧

我们经常会遇到被误解、被指责的情况，在这种情形下，应该怎样为自己辩白？是信奉真理越辩越明，采取针锋相对的方式据理力争，还是相信清者自清、浊者自浊而一笑置之？在很多种情况下，不争辩、不解释是解决问题的最有效方式，原因是它更理性，而理性往往是解决矛盾的钥匙。那么，为什么不争辩的方式更理性呢？

这个世界没有完全的真相

近百年人类科学技术突飞猛进，科学揭示了这个世界很多隐藏的规律，但是，即使科学也只是对这个世界片面的理解，不能反映这个世界全部的真相。在十七世纪前，一个高处的物体为什么要往下掉，按照亚里士多德目的论的观点，每个物体在世界之初都有它应该的位置，一旦离开，它就总是想方设法回到那个位置，这和人们的日常经验基本相符，当时的人们普遍认为这是世界的真相；后来牛顿发现了万有引力定律，他认为地球的引力导致了物体往下掉，并计算出下落的速度，他的理论符合所有宏观世界的运行规律，因此在十八世纪引起了一场革命，人们甚至认为人类已经解决了所有从天上到地上的问题，未来的探索课题所剩无几了。后来爱因斯坦提出了相对论，他将重力解释为时空曲率，物体掉向地球不是因为牛顿所说的万有引力而是时空曲率的作用，爱因斯坦关于运动、时间和空间的关系颠覆了人们对世界的认知。再后来人类发现量子等微观世界存在的一系列现象，这些现象相对论就无法解释，比如有名的量子纠缠现象，为此人们不得不另起炉灶发展出了量子理论。

由此可见，即使是科学也无法反映这个世界全部的真相，很多时候看到的不一定是真实的，比如在爱因斯坦以前，人们认为由于引力火星围绕着太阳做椭圆形运动，后来爱因斯坦认为火星其实一直在做直线运动，是因为时空曲率才让这条直线变成了椭圆形。很多人遇到矛盾的时候为什么一定要去争论呢？往往是因为他们亲眼看到了，就认为自己是了解真相的那个人，却不知由于环境和条件的限制，看到的往往是事物的一个侧面，并非事物的全貌，所谓盲人摸象就是这个道理。英国哲学家普南更极端地认为，我们对于这个世界的认识，其实完全只是一种主观的判断，这种判断和真实的客观世界是否一致，我们永远不可能知道。正如黑泽明电影《罗生门》所描述的一样，所谓真相是部分事实加上个人主观态度的投射，在阐述真相时，人们往往会选择对自己有利的事实，对不利的细节常常有意避而不谈，所以在某种意义上，所有的真相其实都披上了个人色彩的外衣。

这个世界没有唯一的准则

做事情之前我们往往先判断是好还是坏，是对还是错，是不是有价值，然后再决定应该怎么做，但是在很多情况下唯一正确的答案并不存在，但却往往成为我们争论的焦点。大卫·休谟指出科学只能回答“是什么”的问题，而不能告诉我们“应该怎样”的问题，他认为价值是事实的多值函数，有价值的结果往往不止一个。很多时候我们不能判断哪个选择更好，假如你现在有一块钱，你应该买包子，还是应该买油条呢？不同的人对同一件事的看法完全不同，例如雨天，有利于饱受久旱之苦的农民，却不利于忙于赶路的路人，你说雨天是好还是不好？现实世界有时没有那么黑白分明，同一个美女站在面前，有的人会觉得她胖，有的人会觉得她瘦，那么她到底是胖还是瘦呢？没有统一的标准，每个人都是按照自己的直觉去做判断，很多情况下只有立场，没有对错。

我们要辩证地看待事物，很多时候没有绝对的对和错，好和坏，而且两者之间还是可以相互转化的，所以关键是了解每个答案存在的前提是什么。前些年国际上经常举办大学生辩论赛，正方和辩方的位置是随机的，得胜方往往不是因为观点正确而是因为辩论的技巧和辩论的逻辑，这种规则的制定其实就是基于论题没有标准的正确答案的前提。

这个世界没有委屈

很多时候，我们会觉得受委屈了，无外乎几种情形，一是没有这么做或这么想，但是他人却无端指责，甚至毁坏名誉，因此觉得憋屈。二是好心没有办成好事，出发点是好的，虽然没有得到好的结果，但仍然觉得不应该受到惩罚或指责。三是承担了不该承担的后果，简而言之，替别人背了锅。我们分析一下这三种情形。第一种，这是古往今来很多人，甚至贤达之人都过不了的坎，战国时期的屈原就是受了奸佞之人的陷害和羞辱，继而以命抗争，让后人唏嘘不已。作为和平时期的常人，我们更多时候是和身边人打交道，不牵涉国家大事和气节问题，其实即使受点委屈，影响也没那么大，生活小事，不可能每件都那么公平，在这些事情上争辩，只能说本人的修养不够，心胸不够开阔。真有小人栽赃，可以当众戳穿其做法和用心，但不必与其纠缠，天下没有不透风的墙，真的没有做什么上不了台面的事情，总有一天会水落石出，何必庸人自扰？第二种情况，其实一点也不应该觉得委屈，因为在这个崇尚实用主义的社会，一切以结果为导向，很少有人关心过程，如果事情做砸了，即使用意再好，过程再曲折，也是没有用的。因此指责和压力是你必须承受的代价，你要做的是总结失败的教训，东山再起，而不是怨天尤人。第三种情况，为大多数人所不能接受，别人犯的错，凭什么由我来承受代价？这种情况，说到底还是胸襟问题，只要问题找上你，一定有找上你的道理，万事皆有因，你置身其中，一定也是造成这个后果的因素之一，只是贡献的大小不同而已，与其一开始与人理论长短，推卸责任，还不如先躬身自省，反思自己的行为在整个过程中是否妥当，在充分反省后，方可去思考自己应承担的责任。在一番反省后，你往往会发现你的责任其实并没有你当初认为的那么微不足道，很多时候，虽然不是直接责任方，但你也本是可以大有所为的。老子的一句话道明了处世的真谛：知其白，守其黑，为天下式。为天下式，常德不忒，复归于无极。

非辩护性回应

遇到误解和指责，一般人习惯辩护或反击。但是，公说公有理，婆说婆有理，马上辩护或反击只能会使双方的紧张关系火上浇油，让事情往更坏的方向发展。那么有没有更好的回应方式呢？

答案是“非辩护性回应”。所谓非辩护性回应，就是在遇到指责时，不是消极性退缩，而是采取理性的回应方式。那么应该如何理性地回应呢？

首先，要不带情绪地倾听对方的想法。印度哲学家克里希那穆提说过，不带评论的观察是人类智力的最高形式。在面临对方指责时，不急于回应甚至打断对方的谈话，不带情绪地让对方讲完。这样做有两个作用，一是有利于客观了解对方的真正诉求；二是让对方将情绪发泄出来，其实是表达了一种善意。

这种高姿态，在某种程度上，是在给对方一个台阶下。

然后，在理解对方的想法后，表达已经知晓对方的不满。比如说“哦，我知道了，这样让你生气了”等类似的话。这样就让对方继续发泄不满失去了正当性。

最后，说出自己的感受。比如说:“你说的话，我听了不舒服，但是我已经通过你的所讲了解了你的想法。”说出自己的感受，就是进一步让对方知晓指责性语言无助于事情的解决。

既然对方指责你，他一定认为你的所作所为不符合他的心理预期，这个时候，想马上改变他的想法是不现实的，相反，如果采取非辩护性回应的方式，不但阻碍了事情往更坏的方向发展，还为双方后期关系的改善留下了空间。哪怕对方本怀着恶意而来，采取不对抗的方式，也能让对方更多的恶意动作失去了发挥的正当性，他的指责就像一记重拳打在棉花上，失去了威力。

在某种程度上，这个世界没有真相，没有好坏，没有对错，也没有委屈，只有不同的视角和立场，所以遇到指责时，无论对方是善意的还是恶意的，理性的态度是不争辩。不争辩是一种深入骨髓的修养，更是一种洞察人性的智慧！

放下灵魂的包袱

不知从什么时候开始，人们的工作和生活节奏越来越快，每个人都疲于奔命，但是越是这样，我们身上的盔甲越沉，直到有一天，终于不堪重负，再也跑不动了，我们停下来，不知道下一步怎么走，焦虑和恐慌笼罩着我们，挥之不去。天啊，到底是什么让我们变得如此不堪？

在孩童时代，我们曾经是那么的快乐，一颗棒棒糖、一个纸叠的飞机、一个风筝都能让我们高兴一整天，我们和小伙伴们玩着捉迷藏，我们蹦着跳着，快乐无比！随着年龄的增长，我们得到的越来越多，却渐渐地失去了快乐的体验。从小学开始，老师和家长就对我们谆谆教诲，我们不能输在起跑线上，从此做不完的作业、背不完的课文，学不完的公式……背上的书包越沉，脸上的笑容越少，我们渐渐丧失了对身边一切美好事物的鉴赏力，脑子里塞满了机械的知识，人却好像永远失去了灵性。

中学毕业了，我们很多人不能按自己的内心的意愿去选择可能要从事一辈子的专业，或者压根就丧失了选择的能力，不知道我们真正需要什么，所以就和千千万万个同类一样选择了所谓热门的专业，进入了大学。在大学里，我们和其他人没有什么区别，上着一样的课，接收着一样的内容，玩着一样的游戏，我们就像一台台流水线上出来的产品，没有思想，没有特点，生产好以后就流到了社会。

来到社会，我们就被身边人告知，要奋斗，要做一个成功的人，而成功的标准和在学校一样整齐划一，要么钱，要么权，要么名。为了得到这些，拼命奔跑，不敢懈怠。每天活在焦虑中，得到了害怕失去；没有得到，害怕被别人落下。快乐就像一个遥远的记忆，离我们似乎越来越远，这究竟是怎么回事？我们的余生就这样被定格了吗？

从某天开始，我渐渐明白了——我从哪里来，要到哪里去。我们来到这个世界，其实是无数个机缘巧合的结果，成千上万个原子从宇宙的四面八方聚集，反应，按一定的顺序组合，终于生成了我这个具有灵性的高级生命，这个生命不同于这个世界一切其他生物，可以用明净的眼睛欣赏这个星球上精彩绝伦的景色，用灵敏的耳朵去聆听扣人心弦的音符，我也可以通过智慧的大脑、灵巧的双手去创造想象中的一切美好，我更可以用心去体验这个世界最美好的情感——爱，这一切，是我来到这个世界的理由！我清楚我的结局，几十年过后，曾经组成我的无数个原子分崩离析，各奔东西，最终化成一片叶子、一滴水或者另一个生命的一部分，作为这个世界微不足道的过客，我的躯体和灵魂就会像一颗流星划过，最终消失在茫茫夜空。

怎么从一开始就忘了我是一个和任何他人不一样的我，孤独地来，也终将孤独地走，既然如此，我怎么愚蠢到按他人的标准去生活？哪怕是身边最亲的人，他们某天一定会永远离我而去，那我为什么要活成他们期待的样子？我问过自己的内心吗？我真要什么？我要怎样过，才能不辜负短短几十年的光阴？

已经浪费太多太多的时间了，希望从今天开始，从现在开始，我能从自己的内心寻找真正的快乐，认真体验永不再来的每分每秒！但愿还为时不晚！

真我的奇迹

每个人来到这个世界，从生物学的角度看，纯属偶然事件。不仅如此，从降临到这个世界那一刻开始，我们的结局也已注定，而且，每时每刻，都可能到达终点，无关年龄大小和生存意愿。在这段短暂且不确定的时光里，如何做到不虚此行，是我们每个人都回避不了的问题。我们一直面临三种选择：一是随大流，别人怎么过，我怎么过；二是遵从自己的内心，怎么开心就怎么来；三是找到自己真正想做的事，哪怕历尽千辛万苦。

早在远古时代，为了种族的生存，人类就变成了社会动物。面临任何难题和挑战的时候，个体依靠集体力量，胜算无疑大多了，但是，社会动物的特性，也让个体作出了巨大的牺牲。社会性越强的个体，越是容易忽视自身与生俱来的独特性，思想的惰性和安全感的诉求会让大家一个个变成“圈养动物”，一样的生活方式，一样的喜怒哀乐，一样的思想触动，而全然忘了人是灵性动物，是高级动物，每个个体在这个世界都是独一无二的存在！

如果让自己完全沉浸在一个大而空的社会环境中，人的感觉和悟性就会慢慢钝化，所谓的情感会寄托在外在的人、事、物身上，为一些与自身毫不相关的事物或悲或喜，只因为众人皆如此。这种悲和喜是最廉价的感情，因为它们是机械的。没有灵性的。外在的那些事物一发生变化，他就会惶惶然，会不知所措，而这种变化几乎是必然的。这些生命虽然活着，但其实已经死去了，因为它们已经丧失了造物主赋予的最可贵的独特灵性。

还有一种人，活在自我的世界里。他对自我的定义就是基于过去的经历和经验，他将自己牢牢地禁锢在一个对自己的静态的认识上了。过去能做到的事情，现在也能做到，过去做不到的事情，将来也没可能，他对自己的过去认识得越彻底，生命发展的局限就越大。这种人不了解每一个人内部存在着巨大的潜能，而且往往和过去的经历无关。

这些人不了解生命的深度和广度，容易满足于现状，认为眼前的才是最美的风景。他们表面上的满足，其实是对自身没有信心，对未来没有信心。因为没有勇气去面对未知和不确定，他们只好在世俗的快乐中麻醉自己，认为自己“很开心”，殊不知，因为缺乏勇气和眼光，他们将错过最美的风景和最刻骨铭心的体验。

前面绝大多数第一项和第二项的选择者，犯了同一个错误，就是没有认识到自己来到这个世界是多么奇妙的一件事情，他们没有意识到每一个生命就是一个奇迹，不折不扣的奇迹！在这个大千世界，人是唯一的高级动物，能够思考，有情感，能够欣赏美和一切有关美的事物，这一点就已经是一个奇迹了，更奇妙的是，每一个个体还是独一无二的，这个星球上的所有高级生命，他们的DNA没有一个是完全相同的！

不但DNA是独一无二的，每个人的内在特质也是不一样的。尽管各不相同，但没有高低之分。每一个降临到这个世界的生命，如果创造出任何奇迹，那是理所当然的事情，因为，它本身就是奇迹。

我们每个人都有不完美，甚至可称为缺陷的地方，但是个体的独特性足以抵消这些不完美。我们身上的独特性，来自包括DNA在内的生物特征，更来自我们内心深处的一个称之为“真我”的东西。真我，独一无二，决定了我们可以选择与这个世界上任何其他人完全不同的人生道路，更重要的是，它蕴藏着巨大的能量，就像一座沉睡的火山，一旦苏醒过来，迸发的能量足以催开璀璨夺目的生命之花，创造出不一样的奇迹。这是上天给我们每个人最平等的礼物！

自我和真我，一字之差，但是内涵却完全不同。自我，如前所言，是过去的我，代表着过去我所为所想的轨迹，虽然有可能与他人不同，但是它是显性的，不是内心最深处的那个不确定的我；而真我，是代表那个独一无二的我，代表着未来的一切的不确定性。

真我带来的快乐远非那些暂时的、感官的快乐可比，它类似一种被印度吠檀多派称之为“极乐”的精神感受。极乐是一种广义的快乐，它甚至可能是一种痛苦，但是这种痛苦带来的精神上的升华和慰藉已经超越了痛苦本身。

毛姆的《月亮和六便士》书中，主人翁思特里克兰德就是一个追求真我的典型人物。身为证券经纪人，他本有优渥安逸的生活，但是在某一天他突然醒悟过来，在奔四十的年龄，抛弃工作和家庭，遵从内心的召唤去学画画。因为这个选择，他吃尽了苦头，甚至一度沦为码头工人。最后，他历尽千辛万苦来到太平洋的一个小岛，在那里，即使身体垮了，眼睛看不见了，他也要将全部的热情投入到艺术创作中，创作出了一幅又一幅伟大的作品。最后，在临死之际，他却将自己所有作品付之一炬。在外人看来，也许思特里克兰德的选择匪夷所思，但是他内心是极乐的，这种极乐不是来自外界的评价和看法，也不是来自于感官的刺激和享受，而是来自那个独一无二的真我，在他眼里，虽受尽磨难，但不枉此生！

《奥义书》中说道，你本身才是这个世界最大的奥秘。真我虽然隐藏在我们每个人的内心最深处，但是要找到它却是千难万难，有时我们甚至需要一生的时间去找寻。心理学家荣格在成名后，一度发现自己过得并不开心，他不知道什么才是他最想要的，于是他想回到儿时去寻找线索，那些儿时趣事一件一件浮现在脑海里，他想起儿时最喜欢的石块游戏，他这才发觉内心深处对石头的钟爱从没变过！后来，他竟然在海边垒砌了一个石头城堡！在他的眼中，那个满足儿时梦想的城堡价值连城，因为它能引起内心最深处的共鸣，那是一种纯粹的快乐！

奇迹，往往与真我结伴而行，它的魅力在于不确定性。如果沉湎于过去的体验，就不可能相信奇迹会发生在自己身上。按照世俗的观点，成功的定义非常狭隘，无非是获得巨额的财富、出人头地等等。但是奇迹的层次远远高于成功，奇迹意味着一种全新的生命体验，意味着超越感官的快乐。

欧亨利的《最后一片叶子》中形象地讲述了一个穷困潦倒的画家贝尔曼的故事，这个故事就是一个奇迹。贝尔曼每天靠当模特打零工度日，虽处境卑微，但他坚信自己的与众不同，坚信有一件待完成的杰作在不远处等着他。患肺炎的穷学生琼西随着病情的加重，对生活终于失去了信心，她看着窗外纷纷飘零所剩无几的树叶，万念俱灰，准备随着最后一片树叶的飘落，离开这个世界。作为邻居的贝尔曼知道琼西的困境和想法后，连夜冒着倾盆大雨，拼尽了全身力气，在琼西房间窗户对面的院墙上画出了他此生最伟大的作品——一片栩栩如生的树叶。第二天，当琼西看到经历一夜的狂风暴雨依然生机勃勃的那片树叶时，内心受到了强烈的震撼，她决心好好活下去。而贝尔曼通过等待，在生命最后一刻找到了真我，创作出一个伟大的作品，并拯救了一个年轻的生命。

我们每天碰到的人形形色色，如何认识一个人？我认为，不应看他现在是什么，而应看他正成为什么。一个对内在的真我孜孜不倦探索的人，一定会是创造奇迹的人！

空白的艺术

提到“空白”一词，很多人马上就会反应：不就是什么都没有吗？这有什么好讲的？其实不然，在很多场合，空白作为一种艺术手段，不意味着虚无，它本身就蕴藏着丰富的内涵，事实证明，适当地运用空白，不但不会留下遗憾，反而会增添广阔的想象空间。空白最典型的应用对象是艺术，当然，还有我们后面要讲的工作和生活。

艺术留白的魅力

常见的艺术形式——比如绘画、小说、电影、戏剧等，作品内部会留下一些空白，这些空白不是缺陷，而是有意为之，空白运用巧妙得当，不但不会破坏作品内容和思想的连贯性，反而为其增添独特的魅力和广阔的想象空间。实践证明，它的运用，往往能够起到意想不到的效果。

对于国画而言，留白是一种司空见惯的创作技巧。无论是古代的郑板桥还是现代的齐白石、徐悲鸿，他们的作品中空白随处可见。比如郑板桥的代表作之一的《竹石图》，石头、竹子乃至题诗都在偏左位置，右上方只是空白，什么也没有。

观者不但不觉得这片空白突兀，反而觉得它衬托了画中的主角石头和竹子，石头和竹子的力度跃然纸上。这种创作手法在郑板桥的作品中可以说是比比皆是，对他而言，内容再多，也一定要留出足够多的空白出来。

齐白石以画虾著名，他画的虾刚劲有力，栩栩如生。他的画也有一个显著特点，就是空白多。比如他最有名的作品《墨虾》，画中只有六只神态各异的虾，在虾的周围只有空白，没有水面，没有水草等背景，这种布局表面上看很不合理，但是正是这些空白，为观者留下巨大的想象空间，虾的张力呼之欲出，空白不但没有减弱虾的生气，反而更衬托出虾不同一般的神韵。

不但中国画会运用空白的特殊效果，西洋画也一样。创作于十九世纪下半叶的法国油画《内伊元帅之死》，主角内伊是拿破仑手下的一名作战骁勇的元帅，画面表现的是他在滑铁卢战败后被波旁王朝处死的场景。画面中心位置是一堵石灰剥落、布满划痕的石墙。大面积的石墙上除了几处模糊不清的“皇帝万岁”的涂鸦外，一无所有。空墙、墙上残缺的涂鸦、墙前的卧地死者，激发观者发挥自身的想象力去重现当时的历史场景。

除了绘画，很多小说、电影也通过运用空白达到了出其不意的效果，比如有些作品，故事有开头、中间有情节，但是最后却缺了一个尾巴——结局。马克·吐温就写过一篇著名的短篇小说《一个没有结尾的故事》，这样的作品就是让读者参与到作品的创作中去，让读者去发挥自己的理解和想象力，设计一个合乎自身预期的结局。这种艺术创作方式模糊了作者、读者甚至作品人物的界限，让读者宛如身临其境。这种艺术形式就是用不确定性的空白来换取读者巨大的想象空间，让读者在反复揣摩、研究作品的过程中，内心不自觉受到感染，思想得到升华。

空白是一门高超的技巧，它不但适用于艺术，能提升艺术的感染力，同时它也可以广泛应用在我们的工作、生活中，通过思想留白，让我们的工作和生活增加更多的可能性。

思想留白的艺术

随着年龄和阅历的增长，我们每个人的见识和知识也会同步增长，更重要的是我们的思想会越来越成熟。成熟的标志是我们常说的三观——世界观、人生观和价值观的逐渐成形。

形成什么样的三观，和每个人的天赋、成长的环境都有关系。出生在书香门第的人，从小被教育“知识就是力量”，因此对知识的渴求和重视很可能远比出生在一个商贾之家的人要强，后者的家庭可能更强调“财富压倒一切”；而出生在社会底层家庭的人，从小就目睹长辈为基本的生存而苦苦挣扎的身影，成年后往往不敢怀有太大的梦想，因为目标如果离自己熟悉的生活太远的话，自己也很难相信。难怪民间有“龙生龙，凤生凤，老鼠的儿子会打洞”的说法。

天生的、后天的因素，让每个人的三观不同，追根溯源，更深层次不同的是每个人内心最深处的思想，它是每个人大部分遭遇的第一性原理。因此，一个人能达到的高度，或者说能走多远，本质上和他的思想密切相关。有人说，思想有多远，人就能走多远，思想决定每个人工作和生活的状态。

在年幼的时候，哪个人不对未来的人生充满美好的憧憬？翻开小学生、中学生的作文，哪个不梦想长大后成为人杰？但是，走入社会后，经过生活的千锤百炼，很多人对自己的命运就有了一个所谓“清醒”的认识，世界观、价值观、人生观很快就会屈服于现实，于是坦然接受自己的命运。在他们的脑子里，范进那样的人就是一个反面典型，不顾自身条件，屡败屡战的人，要么天生就是疯子，要么最后变成疯子。

这些人——不管是二十多岁初入社会的年轻人，还是四五十岁、久经沙场的中年人——脑子里已经被那些先天、后天形成的固化的想法所填充，每天虽然忙忙碌碌，看上去很努力，身体也很疲惫，但这是表面现象，其实他们的内心已经进入了一个舒适区，在这个舒适区里，他们无需再对自己的人生进行不同于以往的思考，每天在思想层次上重复，再重复。这样的人，无论是工作还是生活，其实都被思想的惰性所控制，如果他们的工作和生活暗淡无光的话，最重要的原因是他们的思想已经僵化，已经失去思考的能力和意愿。

如何改变这个状态？如何让工作和生活能够重放光彩？艺术地运用空白，思想的空白，是一条不错的途径。

就像在一幅画里特意留出一定的空白一样，每个人在成长的过程中，都可以下意识地在自己的内心留出一点空白空间，不要被先天的或后天形成的那些思想完全占据，这些重复的旧思想，是让我们安于现状的罪魁祸首。不要认为它们就是我们认知能力的全部。思想空白区的预留是长期性的，长江后浪推前浪，某个时期还是新的思想，随着时间的推移和形势的变化，就会变成旧思想，就会成为我们成长的障碍。

也许有人会说，我也想从思想的囚牢里出来，可是我找不到出路啊！需要指出的是，思想空白的前提是时间、空间、精力、注意力的空白，只有有了后面这些空白，人们才可能从旧的思想的桎梏中解脱出来。

我们如果在某个时刻让自己进入“悬搁”状态，即时间、空间、精力、注意力自由的状态，就可以不受旧的、已有思想的控制，自由的空间越大，想象的翅膀就飞得越远。这项

“暂停”操作，不是临时之举，而是一种间歇性、习惯性行为。我们不妨将这个特殊状态看成一个心灵驿站，每隔一段距离，就设置一个。我们每每在艰难跋涉一段时间，精疲力竭之际，就抵达某个“驿站”，然后，让脚步停下来，脑子空出来。

在驿站，我们要做的有两件事，一是重新观察我们的处境——即整顿。我们要从自身抽离出来，要以旁观者的心态，去检视自己一贯的思想和行为。不但要从整体把握现状，还要复盘造成现状的主客观原因，尤其是思想的误区和局限。这个过程是中立的，不带情绪和感性的评论。唯其如此，我们才能穿过迷雾，找到现状的症结；二是主动引进各种新的思想——即补给。这些补给，是我们前期从外部世界汲取，暂存在思想空白区的，当我们到达“驿站”的时候，才真正有机会激发它们，就像儿童游乐场的碰碰车一样，让它们自由地撞击，撞出新的火花。这些火花，就是新的可能性，改变现状的可能性。我们不再认定现状是目前唯一的出路，我们不但相信能够改变现状，还试着去思考如何改变。不是所有的新思想都是有意义的，只有产生火花的思想，才是能够带领我们走上成长之路的革命思想。

当然，如何控制驿站的活动节奏是一门艺术，就好像那些绘画作品中一样，空白的位置、比例、形状决定视觉效果和作品的感染力。同样，我们也要合理地安排驿站的各项要素。既不能破坏性、颠覆式马上改变现状，又要将新的革命思想纳入一个开放性的、结构性的思想框架，这个框架的主体其实就是我们前面所说的世界观、价值观和人生观，最终是这个新的框架，让我们真正发生质的改变。

空白，意味着不确定，意味着想象的空间。艺术作品的空白，可以调动观者天马行空的想象力，从而增加作品的无穷魅力；思想的空白，可以让我们从惯性思维中解脱出来，勇敢地去探索新的可能性，让我们的工作和生活再添异彩！

第二部分

商海心路

如果
你把所有的错误
都关在门外
真理
也要被关在门外面了
——泰戈尔

梦想的力量

梦想真是个神奇的东西，仿佛是一根能点石成金的魔术棒。对于职场中的我们来讲，梦想是让我们克服困难奋然前行的力量源泉，更是我们解决各种难题的万能钥匙。

从企业诞生的第一天起，创始人就注定了要面临太多的艰难险阻，在无数个辗转无眠的黑夜，不确定的未来和残酷的现实一次次将人推到绝望的悬崖边，但最终让人走出来的就是梦想，不忘初心就是让最初的梦想照进现实，让人相信，哪怕走进去的是世界上最长、最黑暗的隧道，它的尽头也一定是光明！

职场就是人生最主要的修炼场，在这个修炼场，你可以作为主角也可以作为配角，当然也可以是观众。担任什么样的角色完全取决于你拥有什么样的梦想。一个合格的企业负责人的使命是将员工心中的梦想之火点燃，让他们逐渐进入角色，找到自己应有的位置，实现自己的人生价值。梦想是让普通员工避免成为凡夫俗子的利器，它让你能够从看似枯燥无味的工作中找到乐趣，因为不再视工作为负担，那么就会在工作中越来越主动，角色也不断变化，从观众、配角再到主角。在工作中不断提升自己，修炼自己，让自己成为一个对生命热情的人、思想睿智的人、对家人和社会有更高层次价值的人。

法国著名心理学家勒庞曾将一个生活的弱者比作一只羊，羊为了逃避现实拼命向羊群靠拢，寻求它们的认同，以为越靠近羊群的中心越安全，殊不知，这是一种错觉，这种虚幻的安全感在哪怕是一条狼的进攻下也会顷刻化为乌有！一个人从决心不奋斗得过且过这一刻开始就变成了一只羊，他在不求进取的同类中获得的所谓的安全感，一定会在某个时刻被严酷的现实击溃，也许是还不上的房贷，孩子高额的培优费，年迈父母的医药费，而那一刻的痛心疾首就是他当初听信谗言的召唤必然付出的代价！

没有人想一直当苦行僧，无论是企业创始人还是普通员工。梦想就有那种化腐朽为神奇的力量，它能够将奋斗过程中的孤独、痛苦、煎熬最终变成一种极致的快乐，更持久的快乐，那是朝九晚五安于现状的人永远体会不到的快乐！当你熬夜终于做完厚厚的一本标书，走出空空荡荡的办公楼，仰望满天星斗心中那份充实和宁静，他们体会不到；缠了半年，终于收到大客户可以签约的消息时那种天道酬勤的满足感，他们体会不到；他们当然也无法体会奋斗中的技术人员的快乐——比如昼夜加班终于解决一个苦思冥想不得其解的技术难题，长吁一口气的那份轻松和自豪！

没有梦想的员工以消极的心态对待工作，这种心态会逐渐消磨自己的意志和灵性。就像一具没有灵魂的躯体，在短暂的世俗的快乐中逐渐失去活力，最终失去尊严，他们永远也体会不到奋斗过程带来的极致体验，体会不到那种历经千难万险终于突破了自己极限的乐趣，也许到最后一刻才能明白他们度过的是残缺的一生，而那时为时已晚！

梦想能够激励人们获得力量，获得战胜困难、挑战自我的勇气，能够让每一个日子阳光灿烂！

小老板和“小”问题

这些年，一直对一个问题感到困惑：一些小企业为什么老是做不大？企业经营了多年，不管怎么努力，规模和利润就是维持在一个低水平上，怎么也提不上去；员工士气也不高，隔几年就换一拨新面孔，企业的发展一直被限制在很低的天花板下，苟延残喘。

通过探究这些企业的内在共性，慢慢发现造成企业业绩上不去可能和老板们身上藏着的“小”问题有很大关系，如果不解决这些“小”问题，即使去高校学习MBA、EMBA，也没多大用，因为找错了病根，抓错了药方。那么小老板到底有哪些常见的“小”问题呢？

首先是目标小。你问100个小老板，问他们想不想做大做强，他们都会说想，而且还急切追问你有没有灵丹妙药。其实这是表象，他们说的和做的甚至和想的不一致，要想做大，老板们一定得有个大的目标，这个是企业做大的前提，如果你想都没想过，怎么可能实现这个目标呢？说到这里，也许很多人不服，他会说，我真的想，我也有一个大目标，比如一年赚几百几千万，公司几年就做上市，不过，等你再反问他，这个目标是怎么定的，你给全公司的人宣讲过没有，围绕着这个目标，制定出相应的团队组建策略、销售策略、研发策略没有？他就一脸蒙，不好意思挠挠头回答说没有。可见，大的目标真的只是说说而已，脑子里并没有。我看过一个视频，马云当初创业的时候，在杭州一个小区的民房里面，慷慨激昂地游说他的十几个创始人，说要做一家伟大的公司，做一家全球排名数一数二的互联网公司，在当时的条件看来，简直是痴人说梦话，好比一个乞丐说他有一天会成为富豪似的。但是马云真的做到了，因为他远大的目标，加上他那极富感染力的口才，很多牛人投奔过来，公司越做越大，真的成功了。所以，很多小老板如果想突破自己的天花板，就要真的确立一个大的目标，Think big！

其次是眼界小。眼界就是你能看到的世界有多大，如果一个企业主只能看到很小的范围，注定了他的企业走不远，不会有多大前途，就像高手下棋，眼界大的棋手，一开始就布全局，在全局布好后，不会在乎一时一地的得失，所有的投子，均为全局服务，也许从某个局部看来，这步棋是个臭棋，但从全局看来是个好棋，只要大局布得好，即便局部的落子有问题，也影响不大；同理，商场如棋局，好的企业主，在商场厮杀时，一定要着眼全局，准确把握整个行业发展的现状及敏锐判断出发展趋势，明白自己企业在其中的位置，并由此定出合理的发展战略，所以，有的时候我们看到一些大老板经常打高尔夫、去国外旅游，优哉游哉，好像远远没有一些小老板勤奋，原因在于他们已经布好了大局，定好了战略，剩下的任务交给下属去执行就好了，结果企业反而是蒸蒸日上；反之，一些小老板，眼界小，没有全局观念，整天忙忙碌碌，争的是一时一单的得失，不在全局中思考如何确立企业的竞争优势，光靠低层次的勤奋怎么可能在如云的对手中脱颖而出并发展壮大呢？王石前些年又是爬山，又是国外游学，但人家万科还是行业龙头，这个活生生的例子不值得广大小老板深思吗？

行业小。市场容量小的行业是制约很多人发展的瓶颈。我曾经见过很多有思想、有能力的人，但是他们创建的企业规模都不大，不管怎么努力，每年就是这个样子，原因就是他们所处的行业太小了，市场需求就那么大，你就是做到行业前三名，和其他行业相比，还是微不足道的，就好比小江小河只能养育小鱼小虾，只有大海里面才可能有大鲸游弋。正所谓“男怕入错行”就是这个道理。行业的规模刚入道可能看不清楚，但是若干年摸清行业盘子大小后，人们的不同选择就决定了后期发展的高度，有的人看到行业的桎梏后，果断转型，有的直接转到不相干的行业，有的延伸到相关的上下游行业，行业的制约一解除，加上个人能力本来就不差，正如龙归大海，企业想不做大都难；反之，一些人基于惯性思维，继续在老的行业精耕细作，结果好的虽然也小有收获，但付出和获得的实在不成正比，运气差的，可能若干年后整个行业被其他的行业兼并，连小老板也当不成了。还是以雷军为例，大家知道他是“中关村劳模”，人勤奋得不得了，脑子又聪明，可是他对金山软件的业绩还是不满意，他总结自己做得不够好的原因的时候就说行业限制住了，办公软件这个行业在国内盘子不够大，国际化又困难，这个天花板很难突破，因此二次创业的时候，他就想一定要从事一个市场足够大的行业，这个行业必须有海量用户人群，于是他进入了一个完全陌生的行业——手机行业，用了区区几年的时间就做到了全球手机市场占有率前 5 名，超过了金山软件二十年取得的成就，可见行业选择的重要性。

老板气度小。这也是很多企业大不起来的重要因素。为什么呢？一个企业要做大，目标再宏伟，理想再丰满，也需要人去实现，老板如果有独特的人格魅力，能够不断吸引人、凝聚人心，队伍就会越来越大，企业也就随之变大。雷军讲过，在他的日常工作中，50% 以上的时间是在找人、和人谈话。很多小老板认识上有个误区，就是不能找比自己强的人，他们一方面怕自己驾驭不了这些能人，另一方面又担心这些能人不可能在自己的企业待长久，结果说不定还会被培养成一个竞争对手，毕竟身边这样的例子实在太多，基于这种心理，就不敢用心去找能人，哪怕企业内部有这样的人，也缩手缩脚不敢放手使用。试想一下，如果整个公司里面老板的能力最强，那么这个公司的天花板不就是老板本人吗？80% 的小企业之所以发展不起来，重要的原因就在这里，一个人的力量再大，也抵不过一个团队，正所谓一拳难敌四手。一个企业的老板要发展，一定要有用能人的气度，不要怕别人的影响超过自己，你是老板，你的位置是无可替代的，只要设计好股权结构，没人能夺取你对公司的控制权，另外，不是所有人都愿意去创业、当老板，只要给予好的待遇及发展空间，很多能人还是愿意留下来和老板一起发展的。马云是一个英语老师，不懂任何技术，对销售、融资、财务、研发通通不在行，但是他敢用各个领域的能人，并让他们安心留下来，大老板和小老板的气度高下立判！

还有很多小老板存在一个通病——胆子小。胆子小不好吗？为什么成了他们的缺点呢？大部分小老板都是白手起家，手头那点财富都是靠自己流血流汗一点点积累起来的，因此在花钱方面尤为胆子小，很多人宁愿花一两百万买豪车，也不愿意花钱去研发新产品，怕钱打水漂。用他们的话说就是车虽贵，但看得见，研发就不同了，钱花出去很可能是无底洞，泡都没冒一个就可能没了。小老板们没胆子将钱花在未来不确定的东西上面，哪怕这个东西将来会给他带来几倍、几十倍的收益！华为一直是国内最舍得花钱做研发的公司，像华为这种公司研发最大的成本就是人。有一次，任正非去华为北研所视察，问时任所长刘平："你这里怎么才这么一点人呀，不是叫你多招吗？"刘平解释说害怕人多了没事儿干。任正非生气地说："我叫你招你就招。没事做，招人来洗沙子也可以。"一个企业要做大，很多方面胆子可以小，唯有研发投入方面，胆子一定要大，研发有可能失败，但是一旦成功，很可能是企业占领市场、成长壮大的法宝！

学习劲头小。现在的社会一日千里，每天都在变，对于一个企业的老板来讲，能不能一直保持学习的习惯很重要。

人类社会一直呈加速发展态势，有人做过统计，人类这几十年取得的成就比过去几百年都多。如果一个老板墨守成规，老是靠过去的经验去处理当下的事情，那是非常危险的。很多企业还没发展起来，就慢慢被市场淘汰了，其中的一个重要原因是老板不肯不学习，不肯与时俱进。不知道大家注意到没有，这几年，很多传统行业中，一些原来没有影响的小企业纷纷成长起来，风头甚至盖过原有的巨头们，它们崛起的原因是利用互联网这一新型营销平台，将原来的线下销售模式大胆转到线上，从而实现业绩的飙升。这方面，大家可以向富士康的郭台铭学习，大家都知道他全球代工大王，70%的苹果手机都是他工厂生产的，已届七十高龄了，不满足代工大王这个称号，还在不断学习新生事物。这些年，国内只要是有物联网的论坛，他逢场必到，放下架子，不耻下问，现在富士康的工业物联网也做得风生水起，肯定离不开郭台铭的学习精神。

企业一直在温饱线上挣扎，存在很多客观因素，包括环境乃至运气的因素，但最根本的还是老板自身问题，想要做大做强，还得从正视和解决老板身上的那些“小”问题开始。

好领导和懒领导

俗话说得好：“火车跑得快，全靠车头带”，一个企业的领导人综合能力怎么样，直接决定这个企业的总体表现。我们不妨观察一下那些成功企业的领导，看他们身上到底有哪些独到之处。

第一，为企业制定长远的明确目标。一个企业能走多远，首先取决于它想走多远，如果它的领导人没有为企业规划长远的战略目标，那么这个企业就不可能发展到很高的高度。就像一个马拉松选手，如果没有对到达终点的渴望，就不可能克服这么长时间的煎熬完成全程。一个企业在发展的过程中，一定会遇到各种各样的艰难险阻，而明确的目标就像是灯塔，能够坚定员工必胜的信念，激励他们挑战眼前的困难，成功的企业就是通过战胜一个个的阻碍发展起来的。成功的企业领导人几乎都具有长远的战略眼光，能为企业制定长远的明确目标。

第二，开拓市场的能力。很多公司的领导人就是本单位最大的销售员。一个企业能不能生存，首先取决于企业的产品能不能卖出去。如果企业的领导人能够身先士卒开拓市场，必然会大大激励业务员的士气。企业最难的也是如何打开市场，如果领导人只坐在办公室指手画脚，却不了解市场的真实情况，制定出来的政策必然和市场是脱节的，业务员再厉害，产品本身再好，还是很难卖出去。可见，要么让听得见炮火的人来决策，要么决策的人亲自到前线去了解敌情，在一线制定接地气的政策，只有这样才可能在市场上占有一席之地。

第三，对研发方向有敏锐的洞察力。企业最终靠产品取胜，产品的定位和功能特点，直接决定在市场上的地位。当年雷军为了开发出受消费者欢迎的手机，买来十几个品牌的手机天天研究，还泡在论坛里和粉丝们交流，很多灵感来自粉丝的意见。通过博采众长，小米手机终于后来居上。成功的原因有很多，但有一点是肯定的，那就是雷军作为领导人对产品的功能准确的定位。产品的研发一般周期很长，投入也很大，如果一开始就犯了方向性的错误，后面要弥补就要付出极大的代价。

第四，很强的个人魅力。很多知名企业的领导人都有鲜明的性格特点，有的领导人性格刚烈，有的亲民没架子，无论哪一种都能吸引众人跟随。企业是一个高效运作的实体，它要求决策快速，执行坚决。如果说民主集中制也适用于企业内部管理的话，可能集中的成分占比要大多了。有人曾经问马云，如果他决策错了怎么办，他回答说，首先一般他不会错，如果真错了，那也是企业必须付出的代价。不光是阿里，其实绝大部分企业的重大决策都被打上了领导人个人性格特点的烙印。很多企业成也领导人，败也领导人。领导人的个人魅力，还有广告的奇效。比如霸气的董明珠，每次在公共场合一出场就成媒体焦点，她本人成了企业名副其实的代言人，格力每年因此省了上亿元广告费。

第五，很强的交际能力。在这个社会，没有人脉，基本上做不成大事。一个企业要成功，离不开可靠的合作伙伴、长期稳定的供货渠道、忠诚可靠的客户群体。这一切，又都离不开领导人的人脉资源。哪怕像华为这种技术型的公司，也离不开公关手段的运用。早期为了打开中国电信市场，采取和各地方电信公司合资的形式，最终靠的是电信公司本身的资源才打开国内市场，同样在为了开拓海外市场，华为花重金在当地聘用一些退休的政客，利用他们的资源去游说政府为华为打开大门。可见，领导人的人脉广不广，很大程度上决定了企业最终的舞台有多大。

第六，很强的学习应变能力。市场瞬息万变，如果企业领导人没有很强的学习应变能力，故步自封，满足于昨天的成功，不去主动适应市场的变化，那么很可能就会被市场淘汰。不但领导人要有学习的意识和能力，还要带动全体员工去主动学习，学习能力成为企业的竞争力之一。公司的技术产品应该是储备一批、研发一批、生产一批滚动式地推向市场，只有这样，才能在激烈的市场竞争中立于不败之地。

前面总结了几点成功企业领导人身上的特质，包括战略眼光、市场能力、产品能力、个人魅力、交际能力、学习能力等，好像哪一条都很重要，那这些是否都是成功企业领导人必备的特质呢？俗话说得好：“金无足赤，人无完人。”估计具备全部特质的人现实世界里即使有也是凤毛麟角。既然如此，那么那些成功的领导人到底是如何将企业做大做强的呢？是不是相比之下有些特质其实不那么重要？

我们不妨认真分析前面所有的特质，就会发现真正需要领导人本身具备的能力只有一个，那就是确定长远战略目标的能力，因为目标和方向一定是领导人——企业的灵魂人物——才能确定，只有他才有号召力，任何人都代替不了。剩下的能力虽也很重要，但如果领导人本身不具备的话，还是可以用其他的方式弥补的。

为了说明这一点，我们不妨来分析一下三国时期的蜀国、吴国和魏国这三个国家。魏国的领导人曹操个人能力是最强的，他是杰出的军事家、政治家、诗人，无论哪方面的能力都远远高于孙权和刘备。刘备个人能力是三人中最差的，除了声称是汉室正宗后裔，有一个光复汉室这个俘获人心的远大目标外，他几乎一无所长。但是以他为首的蜀国硬是和其他两国三足鼎立，靠的是什么呢？刘备虽然作为领导人，个人能力不强，但是他却巧妙地依靠了团队的力量去和对手抗衡。诸葛亮的智谋，张飞的勇猛、关羽的骄傲都成了这个团队的战斗力。他看清楚了三个国家的竞争，不光是三个领导人本身的竞争，更重要的是以这个领导人为核心的团队的竞争，所以他组建了一个和他互补的强有力的核心团队，用领导集体代替了领导人个人。结果证明了即使团队主要负责人个人能力再弱，只要他能团结大家为了共同的目标一起去奋斗，有了其他核心成员各种出众的能力作后盾，那么这个领导人也能成就一番伟业。

看来，像刘备不具备高超的军事素质也能成大事一样，一个企业的领导人要想成功也不一定非要具备市场开拓能力、研发洞察力、交际能力等能力。现实世界里也确实如此，很多成功的领导人，在确定好企业发展的长远目标后，每天的日常工作重心不是放在所谓的主业，比如业务、研发等上面，而是放在找人上面，自己不具备那些能力，就设法找到具备那些能力的人，找人成了自己工作的重心。

能找到合适的人，这样的领导还不能被称为好领导，好领导还要用好人。用好人的秘诀是，领导越“懒”越好。找到合适的人后，领导人要敢于放手，不能事必躬亲。本着用人不疑、疑人不用的原则，以结果为导向，放手让这些能人去发挥他们的价值，自己不再介入具体的事宜。不过多参与具体事务，表面上看是懒，其实，是像刘备一样深谙用人之道，不让自己成为能人施展拳脚的绊脚石。

由此可见，一个企业的领导人优点不用多，只要有足够的心胸，组建一个高手云集的核心团队，并且甘心让自己成为团队中最差的那一个，那么自己越“懒”，企业就越成功！

先做大还是先做强

最近参加一个企业管理方面的演讲，与会者大部分都是五年之内的创业者，演讲者抛出了一个问题：企业应该先做大还是先做强？问题提出后，我原以为会引起激烈的争论，没料到众口一词，答案均为要先做强，主持人最后盖棺定论：企业发展要先做强，做强才有核心竞争力，企业才能长久立于不败之地。无数事实证明，当所有人都以为答案不言而喻的时候，往往也可能存在可怕的陷阱。据说中国目前初创企业的平均生存寿命只有两到三年，先做大还是先做强是初创企业必须面临的选择题，如果大家都选了看似无比正确的答案，在发展战略上犯了方向性的错误，这个错误选择会不会成了这些企业短命的催化剂呢？

我认为就一般的中大型企业而言，它们已经初具规模，进一步做大只是量变，不会实质性改变企业的现状，如果选择做强，将资源集中在发展企业的核心竞争力上，比如强化在市场上的竞争优势，建立技术等方面的壁垒，从而保证未来的利润空间，这样才能支撑住企业的现有规模，保证企业不盛极而衰。因此，做强是大中型企业发展的不二选择。

但是初创型企业一般基础极其薄弱，都是起源于创始人的一个新点子或主意，由此延伸出一个产品或商业模式。创始人组建一个小团队，成立一个小公司，产品从想象到落地，短则需要一年长则需要数年的时间。作为企业负责人，在好不容易完成第一代产品的定型后，是选择继续完善产品，让产品在技术上更有优势，还是选择在规模上扩大，将不那么完善的产品推向更广阔的市场？这是道做大和做强的选择题，如何选择对于这类企业来讲，生死攸关。对于初创型企业，和人们的直觉相反，我认为先做大比起先做强，某些方面更具优势，下面我们不妨来看看。

做大比做强更容易建立技术优势。一般来讲，选择做强的战略，有利于产品的技术优势的确立。但是，实际情况往往不是这样，对于初创型公司而言，最容易进的误区就是埋头去做研发，一心去提高所谓产品的竞争力，这种闭门造车式的做强策略，只会让产品与客户的距离越来越远。因为，产品最终的需求来自终端的用户，在做出第一代产品后，如果将后面的改进需求交给客户来完成，反而更容易获得广大用户的青睐，研发效率也大为提高。很多公司在初期投入了大量的人力物力去做研发，想以此提高企业的核心竞争力，可惜南辕北辙，精心研发出来的产品并不受用户认可，白白浪费了大量的人力物力。小米公司起步时，在做出第一代产品后，没有一味地去做研发，而是在短时间内将影响力做大，并在市场不断拓展的过程中吸取广大用户的意见，不断更新产品，终于在短短的几年间做到了世界五百强。

做大比做强更有资金优势。企业要想做强，往往意味着要尽可能加大产品的研发，而研发的投入是个无底洞，无论是产品的功能还是性能永远只有更好没有最好，另外，如果要将产品提升到一个较高水平，必须引进高水平的技术人才，这方面的费用也不可小视，对于初创型企业来讲，资金恰恰是最大的短板，在初期采取做强战略，投入大，产出少，企业很快就会陷入现金流短缺的境地，很多初创企业在花完最初的一笔资金后，如果融不到后面的资金，就只能倒闭；相反，如果在完成第一代产品后将产品推向市场，即使产品还不太完善，也能够回笼一些资金，减轻财务压力，另外也可以及时得到用户反馈，避免研发走弯路，浪费宝贵的研发费用。虽然做大也需要大量的市场和运营费用，但相对于做强而言，投入产出比要健康得多。总之，对于初创型的企业来讲，保持健康的现金流尤为重要，活下去才是王道！

做大比做强更具先发优势。初创型企业一般是靠一个点子或一个主意，瞄准一个细分的空白市场起步，门槛本不高，加上国内知识产权保护力度一直差强人意，如果一直闷头搞开发，创意可能很快被人模仿成功。在没有任何影响力的情况下，很容易被一些大中型公司模仿，它们完全有可能推出更有竞争力的同类产品而后来居上。因此，在开发出产品后，一定要迅速占领针对的空白市场，并在这个细分市场建立品牌影响力。在这个市场有了影响力，对手想模仿时就会对各方面的成本——如市场成本、研发成本甚至法律成本等——

有所忌惮。做大，意味着更大的市场份额，为竞争对手树立了更高的市场进入壁垒。

做大比做强更有生存优势。企业要做大，意味着内部要扩大规模、外部要扩大市场占有率，要求企业不但要具备研发实力，还要具备较强的销售、运营、管理等各方面综合能力。只有具备这些能力，初创型企业才能在激烈的竞争中生存下来。很多创始人是技术专家的初创企业，由于过分依赖产品本身的技术，忽视其他方面能力的培养，企业往往无法打开市场而夭折。

先做大和后做强并不矛盾。初创型企业先采取做大的策略，迅速抢占空白市场，扩大产品的市场占有率，发展到一定规模后，更容易吸引人才和资金进来。这些人才和资金的质量和数量完全是初期无法比拟的。在这个阶段，企业再采取做强的策略，进一步加大研发力度，可以提高企业的核心竞争力，从而保住企业的先发优势。可见做大和做强是企业不同阶段的不同战略，本身没有对错之分。

现实世界里，采取先做大后做强战略而成功的例子俯仰皆是，一些初创型企业在开发出产品后，不一味沉迷于产品的改善和技术的提高，坚决地将产品推向更广阔的市场，千方百计扩大产品的市场占有率，提高自身的品牌影响力，历经风雨终于活了下来。早期的劲酒公司、OPPO、VIVO 公司就是典型。当然也有很多失败的案例。一些企业不顾自身实力，盲目扩大规模，导致资金链断裂，最后走上破产的不归路，这种做大是不切实际的做大，毫不客气来讲，是一种赌博，和我们讨论的先做大还是先做强的策略关系不大，只要创始人抱有赌徒心理，无论他选择的是先做大还是先做强，结局只有一个，即快速死亡。

一些学院派人士忽视了初创型企业本身的特点（如产品本身其实竞争力不一定那么强，技术门槛也不高），忽视了其众多特有约束条件（如资金、人才、政策等），也忽视了生存下去才是初创型企业最根本性的任务，对初创型企业的发展不问青红皂白开出了一刀切的药方，很可能会将尚处于襁褓之中的初创型企业扼杀于摇篮中，如是，则实为可叹！

实践是检验真理的唯一标准，企业到底应该先做大还是先做强，因行业、企业发展阶段和企业本身特点而异，也许没有统一的答案才是唯一的答案。

“完美”的哲学思考及对于企业的现实意义

现实生活中，人们对完美的追求可谓孜孜不倦，完美的要求体现在方方面面，要求学生德智体美全面发展，要求女性身材满足黄金比例，要求某些经营场所一尘不染，乃至要求企业克服所有的短板等等不一而足。那么到底什么是完美，到底是什么原因人们对它如此痴迷？

无论是中外先贤还是当代人对美的定义都有很多，但对完美并没有太精确和公认的哲学定义，我们姑且从现实角度出发，给出一个不太精确的定义，也许这个定义只限于本文提到的一些案例所覆盖的范畴。所谓完美，是指事物本身或事情发展的结果完全符合人们的看法和当时的最高预期；反之，则视为不完美。比如前面提到的，如果一个学生的所有方面都达到学校考核的最高要求，老师就认为这个学生是完美的；女性身体各个部位的尺寸比例都满足当下的审美观，也被认为是完美的。如果某个她的各方面都很好，但腿太短，那样就不满足完美的定义，会被认为是有缺陷的。

可见，完美更多反映的是人按一定标准做的主观判断，那么完美和不完美真的是截然对立的吗？二者到底有何关系？

我认为，完美存在如下几个内在特征：

完美是相对的，不完美是绝对的。既然完美的定义是满足人们的最高预期，而这个最高预期是可以变化的，那么它一变化，结果就可能从完美变成不完美。还是以学生考核为例子，如果老师将考核的难度增大，原来能考100分的学生可能只能考90分，那么这个学生就不能划入完美之列。由此可见，完美是相对的，不完美是绝对的。

完美往往是表面的，不完美是内在的，是“隐藏在水面下的真相”。很多人们眼中完美的事物，其实拉近镜头观察，就会发现并没有那么完美，因为，完美是人的主观感受，这种感受会随着了解程度的加深而改变。好比一个美女姣好的脸庞，远看白皙光滑，近看就会发现有很多斑点，只要是人类的脸，就不可能没有瑕疵，只不过大小不同而已。同理，表面的完美，往往经不住细节的考究，越往深处，就会发现不完美之处越多，所以所谓完美程度，取决于对细节探寻的深度。

从一个角度看是完美的，从另一个角度看可能是不完美的。正因为完美是人的主观判断，所以不同的视角得出的结果是不一样的。所谓视角可以简化为判断的标准，标准不一样，得出的结论当然也不一样。在日常生活中，之所以同一人对同一事物的结论不一样，很重要的原因是关注的重点不一样，在一个方面可能达到预期，另一方面可能达不到标准。比如一个优秀的举重运动员，在举重赛场上，屡创佳绩，在这方面堪称完美，但是，如果换一个场景，比如选美场合，观察角度是身材，显然他的表现就差强人意了，可见，完美与否取决于观察的角度。

完美是短期的，不完美是长期的。完美状态从本质上看是相对有序的、可预见的，不完美状态是相对无序的、不可预见的，从完美到不完美是一个熵增的过程，因此比较而言，不完美比完美更稳定，事物待在不完美状态的时间更长。

不完美是完美的更高形式，只有力求打破当前的完美状态，才能向更高层次进化。当人们关注的事物处于完美状态的时候，初期带来的是无与伦比的满足感、愉悦感，但后期人们可能会产生倦怠心理，而且因为没有变化，随着时间的推移，事物本身就会慢慢积累负能量，从外到内会腐化，因为这个进程是被动进行的、非预期的，因此带来的破坏力极大。所以在现实生活中，哪怕完美状态持续时间不长，也要主动打破所谓的完美状态，不断向上进化，这就是新一轮的从完美到不完美再到完美的成长过程。

从以上特征可以看出，完美是相对的、片面的、非本质的，也是不长久的，从某种角度来说，甚至是一种假象和错觉，因此，人们可以追求过程的完美，在过程中去完善细节，从而不断进步，但千万不要将完美作为一个最终目标，否则很可能因为将过程当作目标而误入歧途。

所有企业特别是中小企业主都想做大做强，但是由于对完美的内涵及其规律缺乏正确的认识，往往会掉入完美主义的陷阱。典型的是著名的“木桶理论”，大家都奉为圭臬，该理论认为，企业要经营成功，必须在市场、研发、成本、售后、资本、人力资源等方面均表现优秀，哪一块存在不足就是公司发展的制约因素。他们认为只要解决了企业存在的问题，达到一个完美的状态，企业就能长治久安。因此很多经营者将发现短板、补上短板当成了公司的第一要务，每天管理者开会，发现问题，讨论解决方案，再发现新的问题，再讨论新的解决方案，周而复始，表面上看补上了一块块短板，企业的效益短期内得到了提升，但是他们没有意识到这种无短板现象客观上就是一种完美状态，它符合完美的所有上述特征，因此是一种假象或错觉，它同样是相对的、片面的、非本质的，也是不长久的。显然，这种日常的补短板活动并不能给企业建立强有力的核心竞争优势，当遇到恶劣的市场环境时，企业很可能会最终败下阵来。

精益生产是日本丰田公司首创，风靡全球，本质上就是在生产过程中追求完美，这一思想在很多企业特别是日本企业得到了广泛的应用，并取得了明显的效果。但是成也萧何，败也萧何，近年来很多日本企业经营者将过多的精力投入到日常的精益生产中，追求企业方方面面的完美，不重视在变化的市场环境下建立独特的竞争优势，结果反而在一些领域纷纷掉队，我们中国广大中小企业主不能不引以为戒！

有效沟通不需要讲道理

这个世界上，几乎每个人每天都会和他人打交道，打交道其实就是相互沟通。通过有效的沟通，人们可以了解对方的想法和意图，可以分工协作，进而建立良好的人际关系。可以说，人与人之间的沟通，是整个社会正常运转的基石，人们遇到的很多问题，都能通过有效沟通得到解决。

但是，也存在很多场合，人与人的沟通非常困难，双方对话基本上是鸡同鸭讲，无论哪一方都无法说服对方，公说公有理，婆说婆有理，极端的情况下，因为一方完全蛮不讲理，对话甚至无法进行下去。这种情况的发生，往往是因为人们采取了南辕北辙的错误做法，以至于双方矛盾越来越激化，隔阂越来越深。

总结起来，通常存在如下错误做法：

一味地跟对方讲道理。为了让对方接受自己的看法，引经据典，给对方灌输一大套道理，试图让对方理屈词穷，最终被迫接受自己的看法和建议。

指责对方。找出对方观点的漏洞，以此来攻击对方，并全盘否定对方的观点。

压制对方。如果对方不采纳自己的意见和看法，就利用自己的强势地位，攻击对方的观点，试图让对方在弱势地位下俯首称臣。这一现象在一些等级比较分明的机构尤为明显。

我行我素，完全不理对方，完全按自己的想法行事，对有效沟通不抱任何信心。

之所以存在以上四种错误做法，是因为进入了认识上的误区，对人的思想和沟通的本质缺乏深层次的理解。

误区一：人是讲道理的，真理越辩越明。其实，大部分人是不讲道理的，人们更喜欢选择看见听见自己想要的片面事实或证据。就像盲人摸象一样，每个人都坚信自己对大象形状的认识是正确的。一个人对某件事物的看法和他的成长环境、性格、教育背景的关系很大，这些因素决定了他看问题的视角，并形成了一套他自认为正确的逻辑。双方在沟通的时候，如果试图让对方听进去你那套道理，无疑是要他放弃长久以来形成的思维方式，进入另外一套迥异的思维通道，这种阻力可想而知。所以，我们经常看到两人争得面红耳赤，但是就是说服不了对方，原因是两个人的思维不在一个频道上。

误区二：找出别人的破绽，对方就会放弃自己的观点。其实找别人的破绽，并不能证明自己的正确，好比说别人愚蠢并不能证明自己聪明一样。指出别人的缺陷，只能激起对方的自我防护意识，在交流的时候更加小心谨慎，不至于露出更多的破绽。通过这种办法，很难让对方真正接受自己的观点，反而会增加对方的敌意和防护意识，让进一步的交流更加困难。

误区三：利用优势地位压制对方，让对方顺从。这种沟通方式简单粗暴，虽然对方表面上顺从了，但口服心不服。权威不是靠虚张声势，而是靠长久以来慢慢建立的对方对你能力的信任，这种信任可以让对方放弃自己的观点，但前提不是靠强压，而是靠对方的自觉。

误区四：既然说服不了对方，那就放弃沟通，让结果去证明。这种沟通方式无疑是消极的，于事无补。在社会生活中，我们不可避免与人打交道，不能遇到沟通困难的时候就放弃，“船到桥头自然直”在很多情况下并不适用。

既然存在以上的误区，那么交流沟通的真相到底是什么？人们在沟通过程中到底关注什么？什么才是打开对方思想通道的钥匙？

首先，人们在沟通的过程中最关注的是利益而不是道理。

中国人喜欢讲道德，讳言利益，这是有历史传统的。儒家思想强调个人的品格高尚，修身治国平天下，提倡视钱财如粪土，但很多人达不到这种境界。

正所谓世人熙熙皆为利来，这个世界上，没有人是绝对无私的，从某种程度上讲，很多成人间的关系都是利益的交换。沟通的真相就是利益的博弈和交换，在沟通时，与其和对方讲他们不愿意听的道理，还不如讲这样做给对方带来哪些实实在在的利益，把这个讲明白了，沟通也就成功了。这点在商场和官场上尤为明显，所有在这两个地方混得顺风顺水的人，都是善于将利益讲明白的人。

普通的人际关系沟通要注意“利”字，关系亲密的朋友也概莫能外。沟通过程如果忽视了利益，友谊的小船很可能说翻就翻。所谓的江湖义气一定也是离不开利益的，当年刘备三兄弟桃园结义，兄弟三人谈的是眼前共患难，展望的却是将来的共富贵，利益共享。没事先沟通好利益的分配，不可能有后来的生死与共。“亲兄弟，明算账”，将利益讲清楚了，关系才能长久。很多公司起步的时候，几个亲戚或朋友没有谈好利益分配，也不好意思谈利益，说干就干，钱少的时候大家可以不在乎，但等企业越做越大的时候，矛盾就凸显出来了，原来的不好意思变成了后来的你死我活，很多家族企业就是因为利益分配不均说倒就倒了。所以，朋友之间沟通，一定不要讳言“利”字，这样反而会使朋友之间的沟通更顺畅，交情更持久。

现在提倡商品和市场经济，每个人也应该改变耻于谈利的习惯，大大方方地提出自己的利益诉求。当然，欲取之必先予之，如果能先考虑给予对方的好处，更容易获得对方的认同。

先谈利益，可以说是大多数情况下沟通效率最高的方式。

其次，要对方接受自己，最好的方式是先接受别人。在一些交流困难的场合，对方没等你开口就已经树起了严密的心理防线，这个时候试图去说服对方只能是自取其辱。老子说:“后其身而身先，外其身而身存。”所以，明智的方式是放下身段，试着了解对方的想法。通过鼓励和肯定而不是指责和否定的方式和对方交流，让对方感觉到你的善意，对方就会慢慢放松警惕和戒心，横在双方中间的墙就会坍塌，然后晓之以理，往往能达到事半功倍的效果。

这种方式尤其适合家庭成员沟通困难的场景，如果亲密关系者之间沟通有困难，不要从表面的现象找原因，多半情况下表面争执的理由和实际原因不符，如果总觉得对方不可理喻，一定是对方心里存有未解开的心结，这个时候，与其争个家长里短，还不如放一放，静下心来好好想想双方关系恶化的深层次原因。舒缓对方的情绪，通过情感交流去让对方放松戒备心，从而了解对方的真实想法，然后再等待时机去解开心结。这种场合下讲道理往往是行不通的，谈利益也不行，因为双方利益很多时候是一致的，利益反而成了解决矛盾最无关紧要的因素。亲密关系者的沟通诀窍无关道理、无关利益，只在于情感。了解了这一点，就不会在沟通困局中病急乱投医了。

还有一种情况比较特殊，就是利用声望去沟通，它适用于组织的领导者。无论是政治家还是企业家都面临如何让众人接受自己的思想和理念的问题，这种情况下声望的作用不可或缺。勒庞在他的代表作《乌合之众》中提到："声望是很多因素的结合体，其中成功是最重要的因素。因为成功，所以成功者的每个观点都会得到人们的认可，不再受到怀疑。"实践中，个人能够建立声望，一定是其成功的故事不断向众人传播的结果。

企业能不能发展壮大，取决于创始人有没有正确的经营理念和管理思想，也取决于这些理念和思想能不能得到坚决的贯彻和落实。每一个新加入的员工，都有自己的想法，这些想法和公司的理念很可能是不一致的，公司要发展，一定要想方设法让大家统一理念，与创始人统一理念和思想，创始人的理念和思想是公司不断前进的灯塔。公司创始人能不能在新老员工中建立自己的个人声望，直接决定这个灯塔是否对团队具有指引作用。建立声望进而统一认识，需要创始人和下属不断沟通。聪明的创始人几乎都会讲故事，会有意无意在公司传播自己各种创业成功的经历，这些成功的故事会极大地激励有进取心的员工，他们耳濡目染这些故事后，会从心里觉得跟着这个领头人有盼头，公司有发展前途，这样全公司的员工思想才能真正统一，公司的价值观、战略决策才能真正得到贯彻实行，公司才能不断发展壮大。

要想达到理想的沟通效果，让我们从放弃讲道理开始。

别怕，先动起来

前几天，和同事聊工作，他提到遇到新项目，心里常感觉没有底气，所以启动慢甚至不敢启动，我说愿闻其详，他回答说公司的各种资源储备不足，比如技术、人员、项目经验，等等，并问这些是不是公司的硬伤。我回答说，不是资源不足，公司也不存在硬伤，是他的想法有问题。为什么这样讲呢？

任何通向美好事物的道路都是曲折的。我们做事情之前，一定要认识到没有万事俱备的情况，难度小意味着挑战的价值也很小，所谓无限风光在险峰就是这个道理。接到一个新项目，首先要全面分析可能存在哪些障碍和技术难点，然后制定针对性的行动方案和步骤，先做起来再说，不瞻前顾后，事情就成功了一半。我在这里不去谈做事情的方法论，我先谈谈做起来后会遇到什么。

资源会动态汇集。在刚启动项目的时候，几乎无一例外会感觉到资源不足，千万别被表面的障碍唬住。要知道准备做和真正着手做，面临的情形是完全不一样的。其实所谓的资源无非是人、财、物。这个世界上最不缺的就是资源，而人们往往意识不到资源比我们更希望找到用武之地。诸葛亮在南阳躬耕数载，何尝不是苦苦地等刘玄德这样的伯乐慧眼识珠，刘备和诸葛亮是互相成全的关系，不是一个帮另一个忙的关系。这些年，我们聘请了外面的一些专家级别的人不仅是他们帮了我们的忙，我们同样为他们创造价值提供了难得的机会，事实确实证明他们一直在寻找这种机会，所以他们非常乐意去接受这些挑战。我的经验是只要我们一个项目做得很成功，客户都愿意成为我们的义务宣传员，帮我们去拓展销售渠道，相信公司有不少业务员都有这个体会，客户成了自己的“耳目”，成了自己开发新业务的助手，而在项目启动之初，怎么也不会预见到这种情况。同样的道理，资金和其他资源都要寻找出口。比如资金，不管是公司外部的还是内部的，其实都需要投入到最具有回报价值的项目。所谓资金匮乏，永远都是相对的，也许在项目之初，价值不明朗，资金投向很慎重，经过项目组努力，如果发展的趋势证明了项目将来能够带来可观的价值，资金自然会不期而至。总之，稍微大点的项目，在进行的过程中不可避免需要调动很多资源，这个过程是动态的，只要我们以目标为导向，在过程中去争取资源、整合资源，项目初期所谓资源匮乏的情况就会得到极大的缓解。

学习新技术。公司在发展，一定会开拓新的业务，而这些新业务一定需要我们原先并不了解的新知识，怎么办？在当今日新月异的社会，无论是个人还是企业要生存下去，一定要主动去学习，这些新知识是我们开疆拓土的利器。这几年物联网、区块链、智能制造、刚刚兴起的新基建，无不冲击着我们已有的知识储备。公司拓展业务的过程中，客户也会倒逼我们去运用新的知识。我们接到新项目的时候，千万不要有心虚的心理，不懂没关系，只要我们肯花功夫，一定会从不懂到精通。对公司产品的认知，也要有动态的思维，不要因为看到了我们现有产品的状况，就以为我们的水平永远止步了，只要客户有需求，我们就不会囿于已有的架构，而一定会大胆去突破。在宣传公司产品的时候，我们更要先行一步，先把产品的理念讲出来，而理念一定是要结合最新的行业和技术发展趋势的。去年，我和几个同事应邀到某大型卷烟厂去交流，发现他们在设备管理的时候，竟然用到了VR 技术。回来的时候，我也在反思，我们还是对新技术不敏感，虽然听说过 VR，但没有想过将它与我们的产品结合。因此，我们要进步，一定要勇于学习新的知识，这些新的知识对于任何人和企业来讲都是一样的，一定都会经历从不懂到懂的过程，关键是信念，敢不敢去学，肯不肯去学，然后再去实践，将其与我们的产品和项目结合起来，变为我们市场的竞争力。

成为细分领域专家。要真正将新的知识变为我们的核心竞争力，不但要懂原理，还要会运用这些原理，让它们变成我们产品的一部分。在做项目的过程中，我们不是新技术方面的专家，会不会成为项目成功的拦路虎？我的答案是不会。对新技术，我们不一定是要从最底层开始开发，现在的社会是一个高度分工的社会。不难发现，最近几年周围一下冒出来无数个机器人公司、无人机公司，这些公司都是从最底层的技术开始开发的吗？显然不是。任何一项新技术都不可能占领所有的领域和细分市场，所以这些掌握核心技术的公司为数不多，它们为了更扩大其影响力，一定会采取开源的方式推广解决方案，这些方案甚至可能是傻瓜式的、积木式的，运用它们并不需要多么高深的技术积累。市场上绝大部分公司都是将这些通用的开源技术拿来为我所用，用在某一个领域或某一个产品，这就是市场上一夜之间冒出来那么多机器人公司、无人机公司的原因。我前面提到的VR技术用于设备管理系统也是一样道理。只要我们敢于去用新技术，掌握其基本原理后，就可以嵌入这些产品模块实现对接，从而将其变成我们产品的竞争力，在实践的过程中，我们就会成为这方面的专家，至少成为这个产品新技术方面的专家。

开发新项目时，我们一定会遇到各种各样的困难，也会接触到知之甚少的新技术，但是只要我们肯学习，敢于挑战，就一定会经历从不懂到懂，从门外汉变成专家的过程。因此，遇到新项目，我最想说的是：别怕，先动起来！

太阳底下无新鲜事

年少的时候，很多人自命不凡，立志此生要做一番大事业，随着年龄的增长，绝大部分泯然众人矣，原因是什么？

其实原因很简单，2000年前的苏格拉底就给出了答案。一天，苏格拉底像往常一样跟学生布道，有一个学生问他：“老师，怎样才能成为您一样博古通今的大学者？”苏格拉底没有直接回答，而是向学生们下了一个指示，让他们做一件最简单的事情，每天坚持甩300下胳膊。一个月过去，当苏格拉底检查的时候，几乎所有学生都坚持下来了，然而，一年后，当苏格拉底再问学生们谁还在坚持的时候，只有一个学生举起了手，这个人就是后来和他齐名的大哲学家柏拉图。

这个故事和达·芬奇画蛋的故事是不是有异曲同工之妙？成功就是简单的事情重复做，这条道理好像从来就没变过。

苏格拉底还对政治体制做出过振聋发聩的警告，他说，一个有限民主的政治体制，不能恶化为少数服从多数的体制，这样占大多数的穷人就会利用这个优势，剥夺少部分富人的财富，让人性恶的方面发扬光大，社会的前进就没有动力！这个警告是不是很发人深省？

去年春节期间看了一下西方哲学史，古代哲人的思想像一盏明灯，穿越2000年迷雾，仍然熠熠生辉！所谓太阳底下无新鲜事，是我最深刻的体会！

管理学大师明茨伯格曾经讲过，纵然斗转星移，人性其实一直没有什么变化，由人性引出的故事本质也没什么变化。2000多年前，伊壁鸠鲁就把人类自然的欲望分为必需的和非必需的两种。一种是必需的，如饮食、住房等；另一种不是必需品，如性等。他认为，人类的幸福感的获得，不是在于获取的多少，相反，节制自己的欲望，方可到达幸福的彼岸。感官的快乐虽然强烈，但持续的时间是很短暂的，事后带来的是空虚！近代的卡耐基也撰写了《人性的弱点》这本书，风靡全球，他概括的就是人类普遍存在的弱点，这些弱点，人类一产生也许就存在，但是要成就一番事业，一定要补上人性修炼这一课！

还有一位企业家，就是任正非，他最近讲了一句话，引起了不少争议，他说他历来是反对自主创新的。有些人觉得他哗众取宠，有的觉得他危言耸听，总之显然和官方及绝大部分专家的意见不符。我们还是来看看华为一贯是怎么做的吧。华为虽然有自己的研究院，一直在大力研发自己的核心技术，但是它从来没有放弃从其他渠道吸取成果。任正非早期力排众议，从IBM全盘引进管理流程，对华为管理进行再造就是一个例子，后期芯片也是和高通合作密切，并不完全立足自力更生。即便他后来投入巨资从事芯片的开发，用任正非的话说，也是要防止有一天别人断了他的货，他希望这一天永远不会到来！

在现在这个信息流通高度发达的全球化社会，人们能做的一般是微创新，颠覆性的创新是非常难的。我们千万不要奢望一下搞出个地球上不存在的东西出来，这个东西现在如果真的没有，一定是别人试过失败了，你要研究他失败的原因，而不是不信邪，重新试一遍。最近，燕京大学有个教授出名了，他竟然用马列哲学推翻了爱因斯坦的相对论，还因此获得了学校的学术奖励，我觉得他最需要补的课不是现代物理知识，恰恰是哲学常识！

如果认识到太阳底下无新鲜事，我们就会采取一种全新的做事方式。比如你想做任何一件事情，不再是想到了马上就干，而是在最大范围内了解别人是怎么干的，有哪些成功和失败的案例，这样你就会少走很多弯路。在干的过程中，尽量吸收别人哪怕是不相关领域的成果，做到为我所用，事情成功的概率也会大很多。

其实，早就有人讲过，这个世界上有一种成功的企业发展战略叫跟随战略，永远做行业的老二，永远不为了创新而创新。现在没人做，一定是前人试过了，既然此路不通，那我也没必要去尝试；如果有人历经万难，不断试错找到新的发展路径，我就采取跟随战略，在最短的时间投入大量的人力物力，不走弯路，直奔主题，迅速建立仅次于老大的竞争优势。

我认为，太阳底下无新鲜事，是一个哲学结论，更是一把解决现实问题的钥匙！

工作与生活

现代人无论是工作还是生活，节奏都很快，工作和生活两者既有相似之处，也有截然不同的地方。有的人工作方面游刃有余，但是生活却一团糟，另外有些人生活虽然过得惬意，但是事业建树不如人意，总觉得有些缺憾。当然还有一些人两者都过得天遂人愿，他们不愧为人生赢家，这些人之所以能够成功驾驭工作和生活之舟，是否因为他们洞悉了工作和生活那些看起来不起眼但又影响巨大的不同点呢？

让我们先谈谈工作吧。

首先，工作一定要有目标。做任何工作的初期，都要想好你的目标是什么。目标不是一成不变，确立目标的作用是让你试着往那个方向努力，否则，你都不知道往哪个方向使劲。好比你参加一个长跑比赛，站在起跑线上的你，如果连终点在哪里都不知道的话，怎么可能取得好的成绩？所以，做好工作的前提是要有明确的目标。

是不是很宏大的目标才算目标呢？这是个认识上的误区。目标不在大小，它只是一个前进的方向。人的能力有大小，到达终点的顺序有先后，到达的高度也会因为机遇和天赋不同而不同。但是只要树立一个目标，不论大小，坚持不懈往那个方向努力，一般也不会太差。我建议初期目标不要太大，否则会挫伤人的积极性。因为大目标短期内不太容易看到效果。小目标完成了，人的信心一下子就会起来。目标可以根据实际情况不断调整。很多人事业做得很大，这是他起步时想都不敢想的。他也是做着做着，不断调整目标，最终才达到了前期无法想象的高度。

另外，总目标最好分解成阶段性目标。就像赛跑似的，你先将超越目标定为你前面的那个人，比定为队伍最前列的人可能更能激发你的斗志，饭要一口一口吃，你只有一个一个地超越了前面的对手，才能最终跑到最前面。同理，为了让初期的目标不那么让人望而生畏，我们可以将目标分解成一个个阶段性的子目标，子目标难度和工作量小多了，更有利于最终目标的实现。

目标坚持的时间越久，长期作用的效应越明显，其他因素的作用就会减弱。

其次，对待工作一定要有严肃的态度。工作是我们安身立命的工具，来不得半点应付和敷衍。很多初入职场的人，最容易犯的毛病就是以为工作出了差错没关系，下次改了就是。这些人还没有从学生思维中解脱出来。你当学生的时候，所做的一切都是训练，错了可以改，但是在实际工作中，很多时候不会给你改正的机会，错一次可能带来巨大的经济损失。所以工作的时候，一定要全神贯注、精益求精。你的每一次错误都会有相应的人来买单——要么是你自己，要么是同事，要么是其他人。有些人的性格天生随意，大大咧咧，但是这只是生活的态度，对待工作绝对不行，如果不改掉这个毛病，你在职场上将会寸步难行。所有在事业上达到一定高度的人，无一例外都是工作态度严谨认真的人。

最后，人际关系在工作中也很重要。现在的工作，很少有单打独斗就能完成的，一般都需要团队的配合，依靠团队的力量才能完成最终的目标。同伴配合得好坏直接决定工作完成的质量。这个时候就需要情商了。很多时候，会不会好好说话成了别人愿不愿意帮你的重要理由。如果人际关系不好，有的时候对别人是一句话的事情，对你却难于上青天。除了平常要和同事保持良好的人际关系外，在别人需要帮助的时候伸出援手也很重要，投之以桃，报之以李，只要你平常乐于助人，别人在你需要的时候也一定会帮忙的。

有些人职场步步高升，看似有贵人相助，其实也是因为他平常会做人，会借助他人的力量帮助自己成长。在有些单位，人际关系的好坏很大程度直接决定你职场能到达的高度，人际关系的重要性可见一斑。

前面谈了工作的特点，那么生活呢？生活的性质和工作大不相同，有些地方甚至是针锋相对，如果我们用对待工作的方式对待生活，生活不但会寡然无味，而且会让我们过得苦不堪言，下面我们对应工作的三个方面来看看生活吧。

首先，生活最好不要定太明确的目标。生活的质量不好量化，人的生活过不过得好，更多的是取决于自身内心的感受。有的人每年给自己定一些明确的目标，今年买多大面积的房子，明年买多好的车子，后年年收入要达到多少，等等，同样的条件下，有的人很满足，有的人痛苦不堪，原因在于每个人期望值不同。即使达到了期望值，它们带来的愉悦感持续的时间实在太短。这种幸福感往往是通过和旁人比较产生的，当别人也追上来甚至超过你的时候，你又会变得不快乐了。内心快乐与否和外界的物质关系不大，但和精神世界的丰富程度密切相关。叔本华讲过，欲望只能带来两样东西，不满足会痛苦；满足了，会无聊。这个欲望讲的就是外界的物质欲望。

其次，生活一定不要那么严肃。这一点和工作是截然相反的。我们对待工作要一丝不苟、严谨较真，但是如果将这种态度带到生活中来，那就南辕北辙了。对待难缠的人和事，一定要抱着难得糊涂的思想，能过就过。遇到难题，要坚信车到山前必有路，不要左思右想不开心。人生不过百年，百年后一切化为尘土。这个世界上有什么放不下的人和事呢？物质财富不用说了，生不带来，死不带走，有些人想得开，有些人想不开，想不开的就是葛朗台了，没办法；还有一些人就是情关难过，感情上患得患失，自我折磨，但是试想一下，哪怕是最亲的人——父母、妻子、儿女、朋友——哪个人能陪你陪到坟墓？你最终还不是孤零零离开这世界的？你舍不得又能如何？

任何时候，活着就是天大的事，只要活着，健康地活着，就没有过不去的坎。所以，对待生活，秘诀是放松些，再放松些，活在当下，尽情享受每一刻的光阴！

最后，人际关系的重要性怎么强调也不为过。毫无疑问，生活中人际关系很重要，因为人是社会动物，更是感性动物，这一点反映在三个“情”上：亲情、友情和爱情。

亲情是人与生俱来的，连动物对血脉相连的直系亲属都有天然的亲近感，何况高级动物人呢？但是偏偏很多人在这方面没有处理好。亲情虽然是天然的，但是也需要维护。越是亲人，我们越要尊重，越要体贴，因为只有他们才是从内心为你着想、为你考虑的人。很多人处理不好这个关系，恰恰因为面对的是亲人，所以他们才无所顾忌，对亲人没有对外人那份尊重，结果将彼此的距离拉远了。亲情本是人人都应有的最珍贵的一种情感，如果年轻时缺失亲情，将会影响健全性格的形成。

友情能够让人身心愉悦，因为人是社会动物，人需要找到自己的同类，人的感情需要共鸣。友情和爱情能够让人觉得生活是美好的。人这一辈子，一定要有三两个好友，这些朋友最好有相同的爱好，能够相互容忍对方的缺点，真心因对方高兴而高兴，痛苦而痛苦。朋友可以一起分享快乐的事情，一起度过闲暇时光。如果有美酒，却没有对饮的人，那该是多么遗憾的事情啊！所以，友情对于生活也是必需品。

爱情不用说了，它是男女之间的一道闪电，被电到的双方那种幸福感是外人永远无法体会到的，可惜这种情感可遇不可求，拥有爱情，哪怕拥有过爱情，也是世上最幸福的人！毫不讳言，对于一般人的生活来讲，爱情是奢侈品。

工作和生活中的人际关系侧重点不一样，工作中理性为先，而生活中则更强调感性。

除了以上这三个方面，工作和生活还有许许多多不同需要区别对待的地方。真正的智者是在两者中都能如鱼得水，他们的秘诀很简单，就是：不要试图用同一把钥匙去开两把不同的锁！

英伦八日

在这个落叶纷飞的深秋，武汉市东湖高新区招才局组织部分人员远赴国外考察学习，于是我有幸和其他十八名考察团成员一道搭上了飞往英国的航班。

机器给人看病不再是梦想

这次访英的第一站是帝国理工大学，帝国理工大学是英国排名前三的著名学府，我们这次到访的是大名鼎鼎的理工大学数据研究中心。目前，国内的华为公司和浙江大学都和这家数据研究中心联合建立了实验室，并取得了一系列研究成果。接待我们是以英国皇家工程院院士郭毅可教授为首的学术团队，他们介绍了最近的学术研究成果。目前，他们正在从事一个欧盟投入了 2000 万欧元的医学影像人工智能分析项目，系统通过对大量的样本的分析，能够从病人的 CT、心电图等医学影像分析出病人可能存在的心血管疾病，准确率超过 97%，该系统的研发成功将大大消除医生的主观因素的影响，减少误诊和漏诊的现象的发生，为广大相关疾病患者带来福音。人工智能技术的发展，为我们描绘了一个机器为人看病的前景，但愿这一天早日到来。

在学术交流环节，我们和郭院士团队成员一起讨论了神经网络和专家系统的互补性问题，以及局部最优问题对深层神经网络性能的影响。

古老又现代的伦敦证券交易所

伦敦是全球最大的金融中心之一，我们到了这里，理所当然要拜访作为伦敦金融中心标志的伦敦证券交易所。伦敦证券交易所成立于1801年，是世界上最古老的证券交易所，也是目前全球第三大证券交易所。市场设有主板和创业板，主板有一定业绩门槛，创业板只对公司的业绩成长性有要求。这家交易所虽然古老，但一直顺应时代的发展，不断主动寻求变革。早些年，为了募集自身发展资金，竟然以让渡审批权给政府为条件，换取自己在交易所上市。200多年的发展，让伦交所成了欧洲最大的交易所，奠定了伦敦的世界金融中心的地位。近年来，为了搭上中国发展的快车，加强与中国金融市场的合作，交易所通过各种措施吸引中国企业到伦交所募集资金，并将欧洲的金融产品介绍给中国投资者，据说目前已有近百家中国企业到伦交所上市。近年开通的“沪伦通”将为两国的金融合作带来进一步的利好。

交易所简朴而又庄重，我们参观的时候想看看其他公司上市的庆祝仪式，没找到与纳斯达克类似的那座大钟，原来这里的上市庆祝仪式还是沿用了传统的开香槟方式，地点就在二楼走廊，简单而不失活泼。

人工智能的未来在哪里

第三站，我们来到了久负盛名的牛津大学，聆听了一堂由牛津大学计算机科学系主任迈克尔·伍德里奇教授主讲的人工智能讲座。迈克尔教授是英国人工智能领域重量级人物，曾经担任国际人工智能联合会主席，参与过著名的AlphaGo项目的开发。他用诙谐生动的语言分析了人工智能的自下而上和自上而下两种技术路径，分享了多种人工智能的应用场景。迈克尔教授认为人工智能技术很难真正取代人去主动思考，比如一些上下文的歧义，人很容易判断出来，但机器很难；再比如在结果反馈存在延迟的情况下，机器也无法正确判断。在最后，他认为一些伦理性问题也困扰着研究者。比如如果自动驾驶的车子失去控制，是去撞对面的一个成年人还是一个儿童，这种问题机器无法回答。

总之，迈克尔认为机器取代人在可见的未来还是不太可能，人类发展人工智能，只能是让机器成为人类的好帮手，而不是取而代之。

在交流环节，我们介绍了武汉已经发放了中国第一张自动驾驶商用牌照，在武汉开发区有了自动驾驶的试验区，欢迎迈克尔教授到武汉参观。

卡文迪许实验室

第四站，我们到达了英国第一高等学府——剑桥大学。在剑桥这个美丽如画的小镇，分布着30多个学院，学校成了小镇的风景。剑桥大学曾经巨星荟萃，提到它人们不会不想到牛顿、达尔文、图灵、麦克斯韦、培根、凯恩斯这些耳熟能详的名字，甚至还有中国诗人徐志摩，我们带着近乎朝圣的心情来到这所有着辉煌历史的大学。

这一站，我们重点考察了号称诺贝尔奖摇篮的卡文迪许实验室。带我们参观卡文迪许博物馆的是实验室前负责人马尔科姆·朗伊尔教授，他是苏格兰皇家天文学家，也是剑桥大学的毕业生。这个风趣可爱的老头一直热情地为我们讲述卡文迪许实验室的创建过程，以及取得的研究成果，如发现电子、中子，发现原子核的结构，发现DNA的双螺旋结构，等等，这些成果足以流芳百世。我们在这里看到了麦克斯韦、卡文迪许、汤姆逊用过的试验设备如质谱仪、扭秤等，就是依靠这些略显简陋的设备，产生了世界级的研究成果，诞生了34位诺贝尔奖获得者。值得一提的是许多设备就是在一楼的加工车间做出来的。比传授知识更重要的是鼓励学生亲自动手探索未知。剑桥大学每个学生和研究人员都可以在这里自由鼓捣，这个传统从实验室一建立就传承下来了。

尽管卡文迪许实验室声名显赫，大师如云，但却坐落在一座不起眼的两层楼里面，不但外观简朴，里面也装饰简单，楼道狭窄逼仄，完全看不出是一座世界闻名的实验室，这正应了前清华大学校长梅贻琦先生的那句名言："大学之大不在于大楼之大，而在于大师之大。"这句话对于今天的中国而言，仍然有一定的启示意义！

几点体会

几天的参观考察匆匆而过，我们重点走访了帝国理工、牛津和剑桥这几所著名的大学，了解了它们在人工智能及其他方面的前沿研究成果，见识了闻名遐迩的卡文迪许实验室，我主要有如下体会：

1. 中国的科技发展在很多方面已经和世界同步，在人工智能及大数据等领域，英国的研究水平和应用水平与国内差不多。

2. 英国人既保守又务实，只要我们抱着合作共赢的态度，双方就有着广阔的合作前景。事实上，我们到访的大学和科研机构目前都在与中国合作。考察期间我们多次在英国的研究机构、大学看到华为和其他一些大学的身影，我们也看到有中国公司在英国设立创业孵化器。

3. 英国的教育开放包容，鼓励创新，正如考察期间中国驻英大使馆一位文化官员所言，英国人擅长从 0 到 1 的创新，中国人擅长 1 到 N 的推广，中英区别的最大原因在于教育理念的不同。

4. 国内的企业不但应大胆走出去，还要多和国外世界级的大学、研究机构交流合作，这方面可以向华为等企业学习。

八天匆匆而过，走马观花，我们看了很多，也思考了很多，其中让我感触最深的一点还是：一个民族有没有光明的前途，不在于人口有多繁盛，领土有多辽阔，而在于全民是否从思想上真正认识到创新的重要性，并落实到行动上来。

第三部分

遇　　见

世间
所有相遇
都是
久别重逢

——白落梅

两条小狗

家里养了两条小狗，一条棕色的，先养的，现在已不在了，去向不明；一条白色的，后养的，现在还在身边。

先说棕色的那条吧，体型不大，一双又亮又圆的眼睛，滴溜溜地转着，一刻不停，到现在它那双眼睛的模样还印在我的脑海里，忘不了。它的到来很偶然，朋友家母狗下了一窝崽，剩下一只没地方送，便问我要不要，自己虽说对宠物狗并无特别喜好，但是也谈不上讨厌，便答应上门看看再说。到了朋友家，第一次和它四目相对，就被它的眼神——透着和善和灵气的眼神所征服，我脱口而出："这条狗，我们要了！"就这样，它成了我们家庭的一员。

小狗的到来，为我们带来了很多欢乐。女儿很喜欢它，可能见它外形像个圆球吧，第一天就为它起了个名字——豆豆。从此，女儿的业余生活就多了一项活动——人狗斗法。女儿逗狗的花招很多，最喜欢朝远处丢个玩具或食物之类的东西，豆豆见到了，立刻蹿过去，先拿鼻子左闻闻，右闻闻，然后一口叼住。如果丢的是玩具，它叼到后就立在原地，歪着脑袋瞅着小主人，等候她下一步的指示；如果是食物，它一分钟也不会耽误，马上叼到院子一角，左瞧瞧，右瞧瞧，在确定没有威胁后，才松口放下。放下后不会马上享用，而是用嘴将食物拱来拱去，寻找最佳的下口处，就好像贸然下口对不住这顿从天而降的大餐似的。相比饱餐一顿，我感觉它更享受餐前的预热。

女儿还喜欢和豆豆赛跑。虽然次次都是豆豆赢，不得不说，它真的很有绅士风度。每次女儿已经跑了十几米了，它还是一脸茫然地趴在起跑线上，过了一会儿，瞧见对手是动真格的了，马上醒悟过来，倏然扬起四条腿，风一般追过去，不管女儿跑了多远，它总是能追上并轻松超过，然后在前方不远处停下来，转过身子，挑衅似的望着边跑边喘气的小主人，仿佛在问她:“怎么样，还要继续比吗？”

小狗很善解人意。下班回家，不管天多晚，夜多黑，人还没有到门口，就会看见一个黑影从门口树底下飞快地冲出来，我知道那准是豆豆，它在等着主人回家。它跑到我面前跳跃着，仰望着，围着我的双腿打转，不时用前爪抓挠着主人的裤腿，亲热得不得了。下雨天，爪子往往很脏，哪怕被它弄脏了裤子，我也不忍拂了它的好意。

每天晚饭后，我习惯到小区四周散步，这段时间便成了我和豆豆独处的时光。只要我一打开院门，豆豆就抢在我面前冲出去，唯恐我将它落下。我不紧不慢地溜达，豆豆跑得快，在我前面带着路。它不会将我落下很远，一般跑过二三十米后就会停下来，当然它也不会闲着，在道边，左嗅嗅，右嗅嗅，不时用爪子在草地里刨。不得不说它的鼻子真灵，好几次我亲眼看见它刨出来一大堆东西——不知道是谁，也不知道是什么时候埋在地底下的。豆豆和我之间很默契，有什么想法，一个眼神或者一个动作就能让对方心领神会。比如遇到一个岔口，它一般会停下来察看我的神态，基本上八九不离十，它都能猜出我会往哪条路上走。在黑魆魆的小径上散步，有豆豆的陪伴，心里也踏实了不少。

美好的时光总是短暂的。慢慢地，豆豆的一些缺点也暴露出来，在主人们眼里渐渐没当初那么可爱了。它的一个缺点是喜欢撕咬物品。有好几次，从晒衣架上掉下来的衣服和鞋子被它咬坏了，旧的衣物倒无所谓，崭新的鞋子被它咬坏后，主人的恼火可想而知。发现它这个缺点后，晒衣架上就多了一道保险，上面的衣物一定要多加两个夹子，以防万一掉下来，变成豆豆的猎物和玩具了。

豆豆还有一个缺点是喜欢尾随。每次主人出门，无论开车还是步行，它都喜欢远远跟随，恼人的是，不管用绳子拴着它还是把它关在笼子里，它总有办法脱身，院子的栅栏也拦不住它，而且一跟就跟到小区外的大马路上。外面车来车往，它在车流里穿梭，险象环生。主人没办法，有时虽然外面事情很急，也不得不返身赶它回家。

一次，两次，豆豆每次犯错后，无论主人怎么呵斥，它都摆出一副无辜的样子，然后下次照旧。主人对它越来越不耐烦，训斥也越来越多，慢慢地，双方的鸿沟出现了，它在主人面前渐渐露出怯意来，虽然每次回家，它还是会摇着尾巴相迎，主人开始敷衍它、无视它，甚至嫌它身上脏，不再愿意让它靠近。

再后来，一条叫“吉祥”的小母狗又加入进来了。这条白色的小狗明显霸气多了，双目炯炯，永远摆出一副人不犯我、我不犯人的样子。别看它个头小，无论对同类还是异类，它一点都不胆怯。家门口只要有陌生人或同类经过，它一定第一时间冲到门口，一边摆出要咬人的姿势，一边嗷嗷地大声叫着，仿佛在昭示：“这是我的地盘，外人休得染指！”吉祥第一次为我们家的势力范围划出了清晰的边界。

豆豆因为吉祥的到来，也增添了一分生机，它又重新变得活泼起来。两条小狗在院子里整天追逐嬉耍，好不热闹。

随着一天天长大，吉祥的力气竟然有超过豆豆之势，我目睹很多次戏耍的结果，都是它将豆豆压在身下动弹不得。即便个头比豆豆小近半个身子，但是抢起食物来，吉祥毫不退让。有一次，我从外面带回来一点肉食，丢到笼子里，吉祥看到后立马钻进去，一边以战斗姿势把住门，一边对着试图接近的豆豆“汪汪”叫着，不让它靠近。我觉得，豆豆并非真的打不过吉祥，而是它软绵绵的性格让它养成了与世无争的习惯。

孩子的功课一天比一天紧，她和小狗们的相处时间越来越少。我的加班也多起来，回家的时间变得不固定，例行的散步名存实亡。不知从何时起，豆豆养成在外过夜的习惯。刚开始的时候只是离家一两天，后来时间慢慢地变成三五天了。大家对它的离家也不怎么上心，反正是要回来的，出去几天还少了一份捣乱，大家心里反而松了一口气。

有一天，豆豆再次出门了。不过这次不一样，一天，两天，半个月都没有回来，我有点急了，先在小区范围内找，再到外面四周到处打探，只要是有狗聚集的地方都去看看，但是还是不见踪影。我慌了，难道这次豆豆真的不辞而别了？

一个月，两个月，三个月过去了，豆豆还是没有回来，我终于明白，我们永远失去了它。很快半年又过去了，很少再有人提豆豆了，就像它压根没存在过一样。毕竟它不过是一条不怎么讨人喜欢的小狗，来和去也没有什么大的影响。但是不知道为什么，无论在哪里看到棕色的体型差不多的小狗，我一定要过去瞧瞧，明知道肯定不是它，但就是身不由己。

豆豆出走后，日子照样过着，吉祥的性格好像也发生了一些变化，回家的时候经常看到它蜷缩在院子一个角落，一动不动。主人也很少再去训斥吉祥了，对它偶尔的调皮甚至出格睁只眼闭只眼，吉祥反而显得拘谨起来，我觉得狗与人之间有了某种距离感，虽然说不清，但是我能真真切切感觉到它的存在。它越努力讨主人欢心，我越感觉到我们之间的鸿沟。

我每次出门，吉祥也尾随，就像豆豆过去做的一样。我也会像驱赶豆豆那样驱赶它，只是心中没有了过去的戾气，心态平和很多。

有一次，我突发奇想决定不驱赶吉祥了，看它到底能跟多远。我故意走走停停，它和往常一样远远跟着。快到小区门口了，看它还在身后，我有点沮丧。我刚要走出小区，一回头，发现吉祥已经停了下来，它杵在那里，静静看着我往前走，等着我从它的视线消失！我猛然意识到，原来它不是调皮贪玩，它一直在为我送行，它停下来的地方就是它送行的最远距离！我每次在它还没有准备好道别时，强行驱离了它！我猛然想到了豆豆，脑海里浮现出那个在车流里穿梭的小小身影，我不敢再深想下去了……

日子一天天过去，曾经又有朋友想送我一条狗，狗长得很帅，如冬雪般亮白的皮毛，全身毛茸茸的，憨头憨脑，人见人爱。我只是摆摆手，微笑着拒绝了。

巴厘岛的星空

过去了那么多年，我依然忘不了那个异国他乡的夜晚。每每想起，那晚的情形还是历历在目，如在昨日。

那年夏天，我平生第一次踏上了闻名遐迩的巴厘岛。从登岛的第一天起，我就像进入了一个世外桃源，一切都是那么的新鲜。岛上的风景俯仰皆是，到处鲜花锦簇，宛如一幅幅动感的水彩画。

我清楚记得，那天刚在宾馆安置好，我就不顾旅途劳累，迫不及待溜达到附近的海边。脚底下，从海平面耸起一道峭壁，像墙一样突兀笔挺，站在崖边，在心惊胆战的同时，不得不惊叹大自然的鬼斧神工。峭壁下的海水蓝得不带一丝杂色，海面上间或有几条白肚皮的鱼儿跃出，溅起几许水花后，害羞似的又迅速沉入海底，不见踪影。抬头望去，天空中白云簇簇，飘飘荡荡，不断变幻出各式各样的图案，就像挂在蓝色幕布背景下面的卡通造型，个个栩栩如生，惟妙惟肖。极目远眺，无边无际的大海水天相连，几只海鸥越飞越远，身影越来越小，最终变成一个个小点消失在天边。眼前的美景，让我不知不觉对未来一周的观光行程充满了期待。

导游将每天的日程安排得满满的。一个又一个景点，一项又一项活动，我们不但毫无怨言，反而乐此不疲。我们到海边拾贝，那一个个大得让人惊叹、造型各异的贝壳，怎么捡也捡不完；在沙滩烧烤，哪怕只闻到鱿鱼的香味，口水也不由自主往下淌；临近黄昏，静看夕阳一点点在海平面上沉没，直至带走最后一片余晖；我们还享受过久负盛名的巴厘 SPA，温润的火山石在身上游弋，给身心带来从未体验过的轻松。

日子过得很快，一晃马上就要结束行程了，尽管收获满满，但是我心里怅然若失，总觉得自己错过了什么。最后一天的晚上，白天又是逛了一整天，身体就像马上要散架了，回到宾馆，本来打算倒下就睡，突然想到翌日就要回国了，我还没有到宾馆的无边泳池游过泳。实在不想错过这个体验，于是我打起精神，换上泳衣，来到了那个泳池边。

夜已经有点深了，昏暗的路灯下，游泳池冷冷静静，里面空无一人，我用手探了探水温，不热不凉——正好，于是我就毫不犹豫跳了进去。我朝大海的方向望了望，黑黢黢的，什么也看不见。据说在白天，泳池和远处的大海融为一体，看来晚上体验不到无边泳池的妙处了，我有点沮丧。然而，既来之则安之，我决定无论如何也要游上一会儿。我先是采用最常用的自由泳泳姿，来回游了几个回合，白天本来有些累了，晚上那点仅存的精力很快耗尽，于是我就干脆坐在池边，远眺黑暗中的大海。

远处一片漆黑，每隔一阵就会传来海浪拍岸的声，像是提醒独自发呆的我，现在是身处异国他乡的海岛——而非千里之遥的家乡。黑暗中，不时有一两只蝙蝠冒出来，像是怕我感到寂寞一样，马上又消失在黑暗中了；池边的鲜花散发着热带植物特有的浓郁的香味，在微风的吹拂下，一点点沁入我的五脏六腑；一些不知名的虫子时不时发出“嘶嘶”的声音，不知欢迎还是驱赶我这个不速之客。

多么美好的一个夜晚啊！然而坐久了，一种挥之不去的孤单感油然而生。于是，我决定打道回府。不过在回宾馆前，我打算再游一个来回。这次我想采取仰泳的姿势。我下到池子里，慢慢在水面上浮起来，就在仰面浮起的那一瞬间，我屏住了呼吸，眼前的一切，让我简直不敢相信自己的眼睛。天啊，穹形的黑色天幕上竟然布满了密密麻麻的、亮晶晶的钻石！近得让人觉得就在头顶，抬手可摘。我眨巴眨巴眼睛，怀疑自己是不是眼花了。等我再定睛凝望的时候，我才发现，真的弄错了，那不是钻石，而是漫天的星星！那些钻石般的星星挂在我的眼前，多得数也数不清。

以前我从来没有看到过这么多星星，平常哪怕是在晴朗无云的夜晚，也只能看到几十颗星星稀稀落落散布在夜空中，没想到，我们的周围竟然有那么多邻居！我静静躺在水面上，被无数颗明星围绕，仿佛也成了它们中的一员。我一动也不敢动，唯恐惊扰了这份静谧，它们马上就会消失。夜已经深了，微风吹过脸颊，带来少许寒意。我望着它们，它们也朝我一闪一闪，像是在眨巴眼睛和我打招呼。

我望着近在咫尺而又远在天边的群星，内心渐渐变得清亮而温暖起来。我突然觉得平时困扰自己的种种烦恼不值一提，纯属庸人自扰。在这个世界上，每一个生命的存在既渺小又短暂，就像大海泛起的一朵小浪花，无论你多么努力，都会很快淹没在滚滚波涛中，了无痕迹。而宇宙和大海相比，更加浩瀚无垠，我们置身其中，能够好好体验这稍纵即逝的生存瞬间就已经很了不起了，实在没有必要事事患得患失。就像这个晚上，此刻的自己一个人躺在离家乡数千公里外的海岛泳池里，和几十、上百光年外的星星们对话，那些星星看似触手可及，但我看到的其实已是它们几十、上百年前的样子了——所有的存在都只是一瞬，包括那些遥远的星球。

许多年过去，每当我觉得身心俱疲的时候，都会不自觉地想起巴厘岛那熠熠生辉的星空，心情也会随之慢慢平复下来。我甚至幻想着，在遥远的宇宙深处，是不是也有个生灵在凝望地球，在跨越时空看着我，这个茫茫宇宙中，孤独的灵魂不止我这一个吧？

瑞士老头

直到很多年后的今天，我还清楚记得阿尔卑斯山脚下那个老式家庭旅馆的模样。那是一个独栋褐色小房子，坐落在一个山坡上，背靠巍巍的群山。尖尖的灰色屋顶，原木的墙壁和地板，虽然有些地方脱皮了，显得凸凹不平，但是经过岁月的磨砺，大部分棕褐色的木板表面还是光滑锃亮；屋顶内部和楼梯也是木质的，楼梯踩上去嘎吱作响，那响声让人担心它会不会随时散架。很多年前一个冬日的清晨，我在那里认识了那个普通得不能再普通的瑞士老头。

在国内的时候，我就对瑞士这个国家抱着一分好奇心：这个号称经济发展水平位居世界前列的国家，遥远而又神秘，它到底有着怎样的风景，生活着一群怎样的人？

我是从德国进入瑞士的。沿途层峦叠嶂，风景如画。逶迤起伏的阿尔卑斯山脉像一条巨龙，盘踞在山路的左侧。刚下过一场细雨，从地上腾起的薄雾像一条带子在山脚下飘荡，山腰在薄雾中时隐时现，而高处的山顶映衬在蓝天下，清晰可见，上面的皑皑积雪泛着银光，和天空上的白云融为一体，让人分不出哪是云哪是雪。山路右侧，一条小河蜿蜒曲折，一路向前。再远处是大片大片的绿草地，修剪得像一块块整齐划一的地毯。镶嵌在草地中间的是一栋栋造型别致的木头房子，红色的、蓝色的，尖尖的屋顶上探出一个个灰色的烟囱。山峰、白雪、小河、草地、房子，宛如进入了传说中的童话世界。

沿途的美景，让我心旷神怡，不但让我一时忘记了疲劳，更加深了我对于瑞士的向往。车子终于进入了瑞士境内，不过此时已是城里华灯初上的时刻。由于离最近的城镇还有很长一段距离，我们就在山脚下的一个家庭旅馆住了下来。也许是旅途太过劳累的缘故，一到旅店，我吃了点随身携带的泡面，倒头便睡。

第二天清晨，我在一声声清脆的鸟鸣声中醒来，叽叽喳喳，不绝于耳。我打开窗帘，透过窗户，外面的景致一览无遗。让人惊喜的是，窗户不远的前方竟然静静地卧着一湾湖水，墨绿的湖水和远处戴着白帽子的雪峰相映成趣，瑞士的风景真是太美了，我庆幸没有白来。

我不愿浪费这宝贵的时光，在床上躺了一会就起身洗漱，打算随后到旅馆四周到处转转。我走下楼梯，来到旅馆前厅，突然瞅见一个老头在吧台里面忙着擦拭酒杯。这是一个约莫七十岁的老头，体型高大，裸露的手臂上毛茸茸的，看上去粗壮有力；头顶上的头发——除了双鬓稀稀落落的几根外——基本掉光了，在柜台上方吊灯的直射下，头部像是镀上了一层亮膜，闪闪发光；下巴四周密密麻麻爬满了又粗又短的胡子，大部分已经变得花白。我上前去打了一个招呼：

“Hello！”

“Hello！”他抬起头，一张布满沟壑的脸，像刀刻一般。他看见我，马上露出和善亲切的笑容。这张脸马上让我想起油画里的人物——罗得。“Chinese?”

“Yes，Swiss？”我操着带着浓重口音的中式英语——准确说是湖北口音和这个老头交流起来，他笑着点了一下头。我知道，大部分瑞士人说的是德语，但是我完全不会，只好试着用英语，没想到老头英语也很熟练，除了我个别词方言口音浓厚，对方听着有点吃力外，双方交流并无大碍。他知道我是中国人后，竖起大拇指，说自己喜欢中国人，旅馆经常接待中国团队，中国人很大方。

我问他是不是这里的服务员，他笑了笑，说自己是集服务员、厨师、保洁员、门卫于一身，最后的角色是老板。我闻后睁大了眼睛，问他这么大年纪，怎么还一个人身兼那么多职位。他笑着问我，愿不愿意听他的故事。时间还早，也没什么特别事情，于是我点点头。他递过来一杯冰橙汁，随后开始了他的讲述。

老头是地道的瑞士人，祖辈是从德国移民过来的。爷爷的上一辈还是上上辈就开了这家家庭旅馆，反正是一代代传下来的。这个旅馆规模不大，只有十几个房间，每次最多也就容纳三十多号人，所以一般不接待散客，都是团队或熟客预约。

“你的家人呢？怎么就你一个人啊？”我问他。

“我的爷爷奶奶在我十几岁的时候就去世了，我爸爸是独子，我也是。我在这里长大，后来到巴黎读大学，学的是我喜欢的艺术专业。大学毕业没多久，爸爸就去世了，我怕妈妈忙不过来，就回来帮忙，几年后妈妈也去世了，就这样，留下了我和这个旅馆。”

“你怎么不找人帮忙啊？”

“开始的时候，我想将旅馆转出去，然后到大城市去闯荡，做自己喜欢做的事情。也试着登了广告。不过这房子太老了，接手的人都要将房子来个大整修，比如要换掉那吱吱作响的木质楼梯，说它不安全；要扔掉老式厨房的所有厨具，还要重新布局；还有阁楼，也要敲掉……”

“那对你有什么影响吗？反正你要远走高飞，以后这儿也不属于你了。”

老人听到我的话后，放下手中的杯子，望了望窗外，若有所思，就是不说话。我以为触到了他内心什么痛处，正感不安的时候，他又开了口：“我不在乎价钱，唯一的要求是要保持屋子的原貌，他们就是做不到。”

我觉得他的这个要求不合理。这个房子太老了。在二十一世纪的今天，很多设施已经远远落伍了。不说别的，每个房门配的竟然还是机械式的大铜锁，钥匙也是铜质的、插入式的，拎在手上沉甸甸的，根本没法随身携带，只能寄存在前台。如果不改造，旅店设施根本无法满足现代人的要求，除非只接待我们这些没有太多选择权的团队游客。

我只是心里想，并没有吱声。

“这座房子有我太多的回忆。每一件物品对我都有意义。当年住的儿童房还在三楼，到现在摆设基本没变。小的时候，我每个晚上躺在那个房间的小床上，伴随着妈妈的故事进入梦乡；上学后，我经常躲到阁楼里去看书，和外星球的小王子、骑鹅的尼尔斯一起度过了一个个难忘的周末，门前的秋千也陪我度过了很多快乐的休闲时光。还有厨房，每次肚子饿了，妈妈钻进去，不一会儿就像变魔术一样变出我心爱的煎土豆丝饼。”

“我理解，中国也有很多人对祖屋保持深厚的情感，但是，那些毕竟属于过去啊！”

“我不一样。”老头急切地打断了我的话。

我本想喝完那杯橙汁就出门遛弯去，听到老头的话，我一下子来了兴趣，我想知道他到底哪里不一样。于是，我将一只胳膊支在柜台上，用手托着下巴，仰着脸目不转睛盯着口里一面讲着故事，双手却忙个不停的老头。

“我上面说的当然不是我坚持己见的主要因素。最重要的是，这家旅馆是祖传下来的，一代接一代，作为后人，除非不得已，我本没有权利将它转出去。现在不但要转出去，还要毁掉这个房子所有的家族记忆，包括我爷爷、我父母，甚至我自己的记忆。我心里过不了这个坎。爸妈这一代，虽然没有什么大作为，但是他们不但将旅馆经营下来了，还养活了一家子，包括将我抚养成人。我不能让旅馆毁在我手里。”

“那你也可以像你爸一样，找个老婆两人合力经营这个旅馆啊。”

“我在外面读的大学，有自己喜欢的专业，如果不是爸妈先后去世，说不定年轻的时候就在大城市成家立业了。是父母早逝让我不得不提前回家。”老头叹了一口气。

“你母亲去世后，你就一直一个人待在这个旅馆吗？”我有点不相信地问道。

“是的，我年轻的时候，也找了好几个女朋友，最后还是散了，没人愿意将一辈子浪费在这个远离繁华都市、孤零零的远郊房子里。人人都喜欢大城市，都想过灯红酒绿的生活。到后来我也习惯了，每天忙忙碌碌，一晃几十年就过去了。”老头子耸了一下左边眉毛，轻描淡写地说着。而我知道，他为了这个家族旅馆，几乎牺牲了一生的幸福！

“你怎么不找些帮手啊？”

“平时不忙，我一个人应付得过来，旅游旺季的话，我就请一些临时工帮着应付一下，请长期工太贵了，请不起。”

我望着眼前这位胡子都已经花白的老头，心中不禁暗暗升起一股悲悯之情。不过，转念一想，这个世上又有多少人——包括此刻正站在老人面前的自己——能完全按自己内心真实的想法度过这短暂的一生呢？我原以为发达国家的人一定自由散漫，贪图舒适和安逸，而勤劳俭朴、重视家族传承是我们民族独有的美德，现在看来有些偏见的成分。

“那你一直没有找到合适的买家吗？毕竟你的年纪也大了，恐怕以后会越来越力不从心。”

“是啊，虽然这些年我一直没有放弃努力，但希望好像很渺茫。我想好了，如果实在转不出去，等我做不动了，我就无偿捐给政府或民间组织吧。”

我从老头的口气里读出了他心头的无奈，于是便问道：“你后悔吗？将你的一生维系在这个小旅馆上面，到头来旅馆还是要落入他人之手。而自己不但终其一生没能做喜欢做的事情，甚至还牺牲了天伦之乐。”

老头听后，摇了摇头，没有回答。

“你是从中国北京来的吗？我知道天安门广场很大很大。”他转换了话题。

“不是，我来自武汉，武汉是中国中部的一个大城市，有一千多万人口，一条名叫长江的河流穿城而过，长江是世界第三大河流。”

“我希望有一天能到中国，去北京，去武汉。”老头的眼睛突然放出光芒。

“好啊，欢迎你过去旅游。”我热情地说道。我知道，就老头目前的情况来看，这几乎是一个遥不可及的奢望，但我没有点破。

这么多年过去了，不知道那位瑞士老头是否还健在，那家老式旅馆是否还在经营。我希望有一天能故地重游，也希望老头真的能实现他的愿望。

电影与人生（一）

2020 年春天的武汉，空气中透着温暖而又冰凉的气息，院子里的柳树已经长出绿色的嫩嫩的柳条，随风摇曳，仿佛在向这个醒来的世界致意；院墙外侧的树丛里，迎春花密密麻麻，竞相怒放，引得不少鸟儿纷纷驻足，叽叽喳喳的鸣叫增添了不少生机。此时疫情正严重，像往常一样，我宅在武汉的家，躺在沙发里，刷了两部老电影，《楚门的世界》和《海上钢琴师》。

《楚门的世界》讲述的是一个小市民的故事，主角楚门居住在一个小岛，有一个温馨的家庭，生活简单而平静。他每天早上吃完早餐，和妻子拥抱告别，然后夹着公文包出门上班，路上会不时碰到倒垃圾和遛狗的邻居，楚门会微笑着和他们一一打招呼，然后开车离开家。如果没有那个清晨，也许一切会这样一直重复下去。就是那个早晨，一个偶然的细节让后面的一切都发生了改变。楚门无意中发现路上相遇的车和前天一模一样，遇到的人也一样，就像事先安排好了似的。他灵机一动，突然改变平时的行车路线，发现平常熙熙攘攘拥挤的街道竟然空无一人，车里的电台传出楚门失控的惊呼，虽然他最终到达了单位，但疑问已经产生。翌日，他刻意观察遇到的任何事物，果然，他遇到的人和车和昨天是一模一样的，连那个倒垃圾的邻居那窥视的眼神似乎也透着玄机。他决定一探究竟，开车的路上不再循规蹈矩，而是不断变化路线，前面的车子看似友好但又坚决地堵住他的路，不让他离开他往常的上班路线。心中的疑团越来越大，他觉得身边的一切都不真实起来，包括他的妻子、邻居和同事。从此，他就刻意去留意身边的一切，想弄个明白。有一次，他竟然遇到了落海溺水而亡的父亲，还有一次，他遇到了自己大学时的前女友，他们两人的态度很是反常，话里话外都暗示他离开身边的这个世界。慢慢地，楚门知道了部分真相，他是一个节目里的主角，所有的人都在配合他演戏，演一场从他出生就开始的真人秀。得知真相的楚门异常悲愤，决计想尽一切办法逃出这个秀场。经过周密计划，他冲破重重阻碍，终于逃出了为他设计的舞台，在跨出这个巨大的人造世界的那扇小门之前，幕后总导演通过监控器面一直在说服他，大意是让他好好想想，他已经是家喻户晓的明星了，拥有无数的粉丝，如果在这个舞台一直演下去，他将拥有许多人梦寐以求的一切，而一旦他离开这里进入外面的世界，他就会变成一个小人物，将面临一个不确定的未来，不幸、痛苦甚至灾难就会降临。楚门面对导演的苦苦相劝，只是回头笑容可掬地鞠了一躬，毅然跨出了那道门！

楚门毅然决然离开那个人造的也可以说是虚拟的世界，其实是可以理解的，首先，在那个岛上他一直是一个特殊演员，只是他以前浑然不知而已。一般的演员，下了舞台就是普通人，过着正常的生活，而他每时每刻都在舞台上，无时无刻不在演戏，没有任何隐私，生活的所有细节不但被公之于众，还被观众评头论足，这样的人生哪有尊严可言？其次，每个人都想在有限的人生旅程中，当自己生命的主宰，可以做出随心所欲的选择，而在那个巨大的真人秀场，楚门只能按剧本演出，生命中的经历都是被导演设计好的，甚至包括父亲的死亡、女友的离去。他无法遵循自己的内心，就像每天上班开车的情形一样，只要稍稍偏离预定的轨道，就会被周围的演员们不动声色地逼回。这样的人生，是导演的大脑在做一切决定，楚门只是一具行尸走肉，难怪他知道真相后要想法逃离。

这部电影诠释了一个小人物面对命运的态度，宁可面对不确定的未来，哪怕吃尽千辛万苦也要去过真正属于自己的生活，然而真的存在自由选择的人生吗？

第二部电影《海上钢琴师》讲述的是一个天才钢琴师的传奇一生。一个孤儿在一艘海上豪华游轮长大，他和船上的每一个人都成了朋友。无意中，这个叫 1900 的孤儿显现了惊人的钢琴天赋，随着时间的流逝，他无师自通成了钢琴表演大师，很多游客慕名而来观赏他的演奏。连爵士乐鼻祖杰尼听说了 1900 的高超技艺后，也特意上船和他比赛，最后自叹弗如，黯然离去。1900 成了这艘游轮当之无愧的明星。他每天在游轮的小舞台上演出，享受在聚光灯下当主角的快感。有一天，他爱上了一个女孩，为了爱情，他决定离开这艘一辈子没有离开半步的游轮，搬到陆地生活。然而，到最后一刻，即便已经站到了游轮的舷梯上，他还是没有勇气踏上陆地，最终选择了放弃。就连到影片的最后，当这艘游轮面临被肢解的命运之时，他也毅然选择了与船共存亡，到死也没踏出游轮半步。

无论是楚门的那个岛，还是 1900 的那艘游轮，其实都是一个秀场，一个舞台。也许此秀场非彼秀场，但相同的是他们都是在上面的演员。在这上面演出，曾经是他们生活不可缺少的一部分，甚至全部。但最后，楚门和 1900 的人生态度完全相反，一个选择了逃离，一个选择了留下。

两种截然相反的人生选择，到底谁对谁错？

其实，每一个清纯少年刚踏入社会的时候，都会怀有各种色彩斑斓的梦想，希望自己能够做自己生命的主人，过自己想要的生活。然而，随着年龄的增长，终有一天会发现不对劲，他会渐渐觉察到自己并没有过上真正想要的人生。于是，他尝试着做一些改变，但只要稍稍偏离那个惯性的轨道，一个声音就会在耳畔响起——就像电影里楚门车里收音机发出的声音一样，它会善意提醒他发生偏离了，前方的一切不可知，跑偏后果会很严重……声音会一直回旋在耳畔，直到他低头屈服为止。年纪越大，这个声音发出的频次愈高，强度也愈大。

终于有一天，有人下定决心离经叛道一回，离开熟悉的环境，冒险开始新的生活。没过多久，他会发现，那个神秘的声音还是会响起，让他无处可逃。这时他才醒悟过来，原来所有人一直住在一个威力无比的隐形囚笼里，逃无可逃！这个囚笼就像电影里那个巨大的天幕——只是它处在更高的维度，更隐蔽！囚笼也是一个巨大的秀场，人人都是演员，都在按剧本演戏，只不过导演是那位被称为“理性”的隐形人，我们能感觉到他，却无法摆脱他！

无论人们选择什么样的人生——在名利场上拼杀，还是退隐山林与世无争——都不是真正的自主选择，最多只是从一个场景跳到另一个场景，一切均在“理性”的掌握之中——就像孙悟空一样，蹦来蹦去，压根没有跳出如来佛的手掌心！

看完电影，我很想知道，逃出那个桃花岛的楚门，在知道外面世界的实情后会不会大失所望？

电影与人生（二）

六月天，就像小孩的脸，说变就变。下午三点左右，户外到处还是白灿灿的光线，晃得让人睁不开眼睛，可是一到傍晚，四周霎时变得黑黢黢起来，头顶上不知从哪里飘来了一堆乌云，翻滚着，不断向各个方向蔓延，像打翻了的墨水一样漫向广袤的天空。云层在扩散的同时不断地堆积加厚，云缝里偶尔漏出来的那缕微光早已没有现身的勇气，逃得不见踪影。黑云越压越低，张着黑魆魆的大口，仿佛要将整个城市吞没。熬过令人窒息的半个多小时后，晚上七点不到的光景，豆大的雨点终于密密麻麻地从天而降，噼里啪啦，干净利落地席卷了城市的每一个角落。

女儿刚考完试，我早就答应陪她看电影，尽管外面大雨如注，我还是决定不能违约。我查看了一下附近电影院的预告，从片名就能看出上映的都是我不感兴趣的，正感失望之际，突然发现市内某影院正在上映一部奥斯卡获奖影片，而且主角是我熟悉的安东尼·霍普金斯！我二话没说，就拖着女儿顶着瓢泼大雨出门了。一路的雨中狂奔，按下不表，我们花了近一个小时终于在开映之前赶到了位于市中心的电影院。

这部名叫《困在时光里的父亲》的电影果然没让人失望。影片通过父亲、女儿和观众的视觉展示了一个身患阿尔兹海默症的老人痛苦地与时光做斗争的经历。老人患上阿尔兹海默症后，神志逐渐变得不清醒，生活也不能自理。但是老人个性清高，他每天一副正装打扮，坐在床前沙发上，戴着耳机听着古典音乐，一直不愿意承认自己已经逐步丧失了一个正常人的自理能力。为此他多次赶走女儿为他请的护工。女儿迫不得已将他接到自己家里亲自看护。

父亲的到来为女儿一家带来了困扰。住到女儿家中后，老人的脑子越来越糊涂，囧事一件接一件。他将女儿的房子想象成了自己的公寓，怒斥女儿想霸占他的财产；因为想念因故早逝的小女儿，将护工的样子弄混了；记错了手表的存放位置，误以为女婿偷了自己的手表，甚至还搅黄了女婿和女儿的一次意大利旅行……老人带来的困扰超过了女婿的忍受极限，为此他饱受女婿的冷嘲热讽，甚至还挨了女婿的掌掴。在父亲和丈夫之间，女儿选择了父亲，和丈夫离婚了。女儿一方面要照顾父亲，另一方面还要承受父亲的误解，心力交瘁，连掐死他的念头都有，但还是选择和他相濡以沫住在一起。直到几年后，她认识了一个新男友。为了开始新的生活，女儿才痛苦地决定将越来越不能自理的父亲送到养老院，自己则远赴巴黎。

老人来到养老院后，病情越来越严重，病房外郁郁葱葱的树木和日渐凋零的老人形成了鲜明的对照。老人神志越来越错乱，他将病房当成了自己的公寓，将男护工认成了女婿、女护工当成了女儿，幻象和现实不断冲突，老人几近崩溃。到后来，老人已经不记得自己的名字了，他不得不向护工确认“我是谁”。老人已经无法单独面对这个陌生而残酷的世界，他甚至无助到喊出“妈妈，我要回家”，影片随着老人的啜泣进入了高潮，也进入了尾声。

安东尼·霍普金斯的演技确实没让人失望，他将一个年老患病的老人在生活面前失去尊严的场景活灵活现地表现出来。他表现出来的不仅是一个老年患病小群体的遭遇，其实也是我们每一个人在将来的某个时刻——年老体衰，疾病缠身的时刻——必然面临的窘境，不同的只是窘迫的程度和细节。影片向人们提出了一个严肃的问题：我们这个文明社会应该如何温柔对待每一个进入凋零期的生命？

这个影片没有坏人，女婿不是，护工不是，女儿更不是。自命清高的老人其实不愿意麻烦任何人，他甚至不愿意请护工照料自己，他希望有尊严地活着。但无奈的是个人的意志战胜不了自然法则。

自然法则从来都有利于生物种族的延续。自然创造了一切有利的条件，让新的生命在这个世界茁壮成长。刚诞生的生命弱不禁风，所有的母体天生都会对年幼个体舐犊情深，百般呵护。“须臾十来往，犹恐巢中饥。辛勤三十日，母瘦雏渐肥”。母燕对雏燕的百般爱护是所有生命物种母子关系的一个缩影。然而，对于年迈体弱的老者，造物主没有抱有任何同情之心，更没赋予下一代反哺之本能。以草原之王狮子为例，连威风凛凛不可一世的狮王，在年老体衰以后，也不得不给年轻体壮的狮子让位，它的结局不是饿死就是沦为其他动物的盘中餐。

人类也好不到哪里去。印度佛经里记载，古印度有个“弃老国”，在这个国度，老人一到一定的岁数会被遗弃或者活埋。西方也有不少类似的记载，这里就不再一一赘述。

但人类毕竟不是动物，经过漫长的文明的浸润，人类已经拥有动物不具备的同情心和同理心。人类不再单纯地以一时的有用无用来衡量一个人的价值。年轻人都知道，每个人都有老弱的那一天，今天我怎么对待那些老人，明天我也会被怎么对待。于是文明社会制定了一系列的社会福利制度和机构——比如退休制度、养老金制度、医疗保险制度、社会福利机构，等等——来保证老者的利益，起码保证他们在失去劳动能力后，不至于流落街头，衣食无着。

但是，在满足了最基本的生理需求后，老人和年轻人一样也有情感的需求。除了吃饱喝足外，老人还希望被需要、被尊重、被关爱，而这些恰恰是人们最容易忽略的地方，也是最难做到的地方。就像电影里的那个老人，他不想去养老院被人照料，他希望自食其力，希望被尊重，希望女儿不抛弃他这个老父亲，去追求自己的幸福。然而，他终究战胜不了自然法则，尤其是作为一个患了阿尔兹海默症的老人。当他最后知道，他已经被这个世界所抛弃的时候，他想起了妈妈，想到她，禁不住像个孩子般倒在女护工的怀里涕泗交流，此刻他是多么怀念妈妈那无条件的慈爱！

走出影院的时候，雨已经停了。熙熙攘攘的街头，挤满了红男绿女，一张张充满朝气的年轻的面孔不断从眼前掠过：互相依偎的情侣，边走边喃喃细语；一前一后走着的母子，孩子在前面一蹦一跳，母亲用慈爱的眼神追着他，生怕他意外跌倒；更多的是有说有笑，神采飞扬，与我们擦肩而过的年轻男女……

我突然发现，身边一个老年人也没有，我怀疑我的眼神出了问题，忙问女儿看到一个老人没有，女儿摇摇头，接着说了一句："可能是下大雨的缘故吧，老人不方便出来。"我若有所思地点点头，没吱声。我望着这个人声鼎沸的世界，脑子一片混沌，感觉眼前的一切在旋转，另一个镜像世界若隐若现：

广场上，一群身着大红大绿的老太太，和着音乐，拼命地摇晃着，厚厚的脂粉也掩盖不了脸上的褶子和眼神深处的寂寞；礼堂外，先后走出一群头发花白的老人，他们双手都拎满了延年益寿的保健品，"爸（妈），您慢走，下次再来"的温情告别让他们的脸上浮出久违的笑容；医院的病床上，躺着一位老者，痛不欲生的表情还没来得及从沧桑的脸上褪去，显然病痛的折磨才刚刚开始；公园里长椅上，自从老伴离开后，每天一早雷打不动出现的那个孤独的背影，一动不动，像被定格住了；乡村破旧不堪的土屋边，蹲在墙根下的一排脸上沟壑密布、面无表情的庄稼汉——戏称的“等死队”——唯一有生气的地方是青筋暴起的手指间冒出的些许白烟……

女儿一句话将我从遐思中惊醒，她说：“爸爸，我希望你活一百五十岁，好不好？”

“为什么啊？”

“因为那样的话，你就可以陪我很久很久，而且据我所知，这个世界上寿命最长的人就活到了一百五十岁。”

“那你希望我成为电影中那个老爷爷吗？”

女儿一下子沉默了，我没有追问下去。我知道，任何人都挑战不了自然法则，包括你、我和所有的他。

文　哥

其实，老家离现在生活的城市不远，不到两个小时的车程，但是因为老家已没有至亲的眷属，平时就很少回去了。即便偶尔有机会路过家门，也大半是过而不入。但是，有一个传统节日，按照惯例，再忙也是要抽空回去的，这个节日就是清明节。

今年还有一个特殊原因，更是非回去不可，那就是文哥也要回来祭祖省亲了。

文哥是位离家几十年的堂哥（虽称堂哥，但其实年龄和我父亲相仿）。节前一个礼拜就接到他儿子电话，问我清明节什么时候回去，他爸爸八十高龄了，今年准备携妻带子，长途跋涉，专程从外省回老家来祭奠祖先，同时很想与大家聚一下。我闻言，忙说，一定会回去，说自己也很想见堂哥一面。我们电话约定了归期，谈好不见不散。

文哥在我们这个家族是个传奇人物。他是我们家族解放以来第一个大学生，五十年代的大学生。

我们兄弟几个能考上大学，和他的影响密不可分。他退休前在一家大型国营铜矿工作，开始从事技术工作，后来做管理。他一直是我们家族的骄傲。从小父亲就要我们以文哥为榜样，好好读书，将来像他一样考上大学。在我们心中，他是神一样的存在。记得小时候，每次他回老家，都会带些糖果给我们小孩子。他会告诉我们坐飞机是怎样的感受，日本是什么样子，欧洲是什么样子，他在国外遇到了什么趣事，等等。每每听他讲述这些闻所未闻的故事，我的心中就能燃起一个强烈的愿望，那就是考上大学，将来成为和文哥一样见多识广的人。

如愿考上大学后，有一年遇上动乱，心中彷徨不已，于是我致信文哥，诉说心中的困惑。文哥很快就回信，以他的亲身经历告诉我应该怎样办。他的回信对我后面的选择起了至关重要的作用，避免了我误入歧途。现在回想起来，当时之所以给文哥写信，还是因为一直把他当成心目中的指明灯，认为他一定知道真理在哪里。

大学毕业，分到武汉一所高校教书。文哥有一年出差路过武汉，专门到我的蜗居看望我。那时的我，结婚不到一年，刚有了第一个孩子，经济拮据，按下葫芦浮起瓢，日子过得很是狼狈不堪。他的到来，出乎我意料。虽然他来后饭都没吃一口，只待了半个多小时就匆匆离去，但是作为长辈，他那种不期而至的关心和鼓励，还是让深陷生活泥潭的我深受感动。他走之后落下一个帽子，我一直保存了十几年，每次搬家都留着，希望有一天还给他，遗憾的是，直到最后一次搬家，帽子被搬家公司当作破烂扔掉，我也没找到机会当面还他。

后来，有一年单位想和文哥厂子合作一个项目，对方相关负责人多次到湖北来考察，但就是迟迟不定下来。我们不明就里，决定到客户那里当面再交流一下。我们过去后，不熟悉环境，于是文哥自告奋勇，忙前忙后为我们跑腿。有一天晚上要打印交流资料，没有打印机，文哥二话没说，就连夜带着我们到他厂区办公室去打印。他身体有点胖，我看他跑上跑下，额头上布满了汗珠，很是过意不去，他却说："没事，没事，只要你们项目能成就行。"虽然那个项目最终不了了之，但是文哥的热心肠还是让我感到了自家人的温暖。

这次见到文哥，久别重逢，每个人都很开心。他已经八十多了，精神依然矍铄，腰挺得直直的，头发虽有些稀疏，但是面色红润，甚至说得上是容光焕发。唯一遗憾的是耳朵已经有些背了，听话有点吃力。我们一起到我爷爷的坟墓去祭拜，一路上他讲了好多我闻所未闻的关于爷爷那一辈的故事。他站在爷爷墓前，连讲带比画，神采飞扬，爷爷那辈的逸事通过他的生动口述，活灵活现，如在昨日。

祭拜完毕，回到文哥弟弟家中聚餐。上席的大部分菜肴均为家乡土地所出。大家推杯换盏，亲切又不乏客气。席间文哥谈兴极高，滔滔不绝讲述他个人的一些经历以及家族趣闻。其中让我印象最深刻的有两件事，一件事是，他四十多年前作为到日本学习的研修生，那时对日本技术顶礼膜拜，充满了敬仰，然而二十年后他又作为专家到日本指导工作，自信满满，这种反差的经历让在座的人唏嘘不已；另外一件事，听后令人震惊，他透露我其实还有一个从未谋面的大伯，他是我父亲的亲哥哥，当年参加了新四军，有一次为了防止日本人往外运矿石，他和同伴们去破坏大冶到武汉的铁路，被日本人发现后杀害，这件事家人从未提起，真没想到我们还能和烈士挂上边！

我一直在一旁默默听文哥讲着他的故事，偶尔微笑点头回应一下。见父亲一个人一直滔滔不绝，文哥的儿子有点尴尬，说别管老头子，他就这样，你不打断他，他能讲几天几夜。其实我对文哥的话没有一点厌倦，因为我明白，对于八十高龄的他来讲，这可能是他最后一次回乡，他讲述的是他这些年离家奋斗的历程，是在对自己的人生做一次汇报和总结，他是说给我们听，更是说给自己听。

不知不觉，到了酒阑人散的时候了，我们和文哥依依告别，约好明年到异乡去看望他和他的家人。他反复叮嘱，一定要去。我口头上回答“一定、一定”，心中暗愿他一直身体健康，也祈愿我们能抽得出时间。

许三观

好多年没有看余华的书了，这几天利用元旦假期翻阅了他的《许三观卖血记》，里面描写的中国在二十世纪五六十年代的乡镇生活没有引起我太多兴趣，因为有太多的作品描述过类似的内容，比如贾平凹、路遥、莫言等作家的产品。但这本书还是给我留下了深刻印象，尤其是主人公许三观，他让我联想到了大名鼎鼎的任正非和他创建的华为公司。

许三观卖血记中的女主角许玉兰嫁给许三观十年，这十年里，许玉兰天天算计着过日子，她每天做饭的时候，一定要从正常的饭量中抓出一小把米，放到床底下的两口小米缸里去，每天买菜的时候，也节省出几分几角的零钱偷偷存起来，用她的话说让每个人平时少吃两口饭，影响不大，但是，人活一辈子，谁会没病没灾？谁会没个三长两短？遇到倒霉的时候，有准备总比没准备好，聪明人做事都给自己留着一条后路……果不其然，三年自然灾害不期而至，大家都没饭吃了，许三观家五口人硬是靠着这两口缸米和省下的买菜钱熬过来了。

小说最后还有个细节，许三观老了，六十多岁了，一天突然想吃一盘炒猪肝，以前每次为家人、为别人卖完血，都会到饭馆去吃一盘炒猪肝，喝二两黄酒，他想生平第一次为自己卖回血，犒劳自己一次，没想到医院嫌他太老，不收他的血了，他闻后特别悲伤，从医院到家一路大哭不止。四十年来，每次家里遇上灾祸时，他都是靠卖血渡过难关的，如果他不能卖血了，以后家里再遇到难关怎么办，为此，他痛苦不已……

看完这部作品，我被许三观一家表现出来的强烈的忧患意识所震撼，他一家其实是二十世纪五六十年代人的一个缩影，没有真正饿过，就不会理解许三观随时为明天留一口的意义！

20 世纪 40 年代，任正非出生在贵州省镇宁县的一个偏远山区，当地经济非常落后，家里有七个孩子，任正非是家中老大，吃不饱、穿不暖的生活就成了任正非儿时的“常态”。

虽然生活在那样艰苦的环境，他们家七个孩子却全部生存下来，法宝就是就是许三观家那样的忧患意识。任正非后来在《我的父亲母亲》一文中写道：“我们家当时是每餐实行严格分饭制，控制所有人欲望的配给制，保证人人都能活下来。不是这样，总会有一个、两个弟妹活不到今天。我真正能理解活下去这句话的含义。”活下来是全部的意义，这个思想在任正非后来办公司的历程中反映得淋漓尽致。可以说，中国特定时代的农民思维模式造就了任正非，造就了华为这家公司。任正非在企业如日中天的时候，发表了《华为的冬天》这篇文章。如果不了解任正非背景的人，也许会觉得他矫情，他曾经说过，无数次在睡梦中惊醒，梦见华为破产了，他认为华为一定是要破产的，他能做的是延缓这一天的到来，这和很多立志做百年企业的成功企业家形成了多么鲜明的对照！正是这种向死而生的忧患意识，才造就了今天的华为，他还说他从来没有感觉过成功，没有感受过所谓成功带来的喜悦，相反感受更多的是恐惧——公司破产的恐惧，为此他长期遭受抑郁症的困扰！没有遭受过许三观那样的苦难，怎能理解这样一个中国人对未来发自心底的恐惧和内心无尽的悲凉！

显然，光靠忧患意识救不了许三观一家，同理，也救不了华为，因此，任正非也和许三观家一样为了明天做了最坏的安排。十多年前，全球化的浪潮席卷全国，所有的学者和企业家都在呼吁全球化，呼吁“买全球，卖全球”，华为和美国高通公司合作也是达到了“蜜月时期”，但就在这个时候，任正非力排众议，坚持要自己开发芯片，这个决定在当时看来完全是浪费资金，开发的成本是天文数字，而且没有持续十几年的投入很难达到别人的水平，关键是成本也比别人高！任正非当时讲了一句意味深长的话：“华为开发芯片，不是为了替代别人，我希望它永远没有用场，开发它为的是万一有一天别人不卖我们芯片了，我们还能活下来。”华为芯片就是许三观的那两缸米！多么朴素的想法啊！多年后的 2018 年发生的中兴被美国断供零部件事件验证了任正非当年的深谋远虑！

很多人都在问，为什么华为那么牛？为什么中国只有一个华为？我认为也许在《许三观卖血记》里面能够找到一丝线索。

日本小事

三年多前，我到我们的邻国日本待过短短几天。第一次踏上这个让人情感复杂的土地，给我留下深刻印象的不是它鳞次栉比的高楼，也不是其琳琅满目的商品，而是经历的几件小事。

有一次，我在新干线等车，正站在月台上排队。列车已经停在轨道上，车门还没有开启，我突然发现车厢里有一个小伙子在打扫卫生，他引起了我的注意。打扫车厢本不是什么稀奇之事，稀奇的是他飞奔的身影，简直让人眼花缭乱。只见他弓着腰，麻利地打开每个座椅后背的小桌板，用抹布快速擦拭一遍，然后将其归位，还没等直起腰就抬腿小跑至下一个座位——注意，不是走，是跑。他一直在车厢里快速奔跑，像风一样，不到七八分钟的时间，在这波旅客上车前，已将整个车厢打扫完毕。

我看不到他面部的表情，但是我仿佛能看到他额头上渗出的细细汗珠和心脏发出的咚咚心跳声。上车后，我仔细查看了一下我面前的小桌板，一尘不染，桌板散发出淡淡的光泽，仿佛在向我微笑着打招呼。

还有一次，我在大阪的郊外饭店刚吃完晚饭，天色尚早，我便随意在旁边的田埂溜达。看到不远处有一位农妇，正弯着身子吃力地从水渠里舀水，水渠很深，近乎贴着地面才能将水舀满。农妇打满水后，摇摇晃晃地在田埂上走，看到老妇吃力的样子，我赶紧上前去帮忙。老妇见有人过来，忙停下脚步，抬起头，呈现在我面前的是一张沟壑密布的脸，看上去起码有六十岁。她满头大汗，但是表情安详，衣服袖子和裤子的膝盖部位沾满尘土，我猜她应该劳作很久了。我站在她面前，连比带画，表示帮忙之意，老妇起初摆手拒绝，后来看我态度坚决，就笑着将水桶交给了我。我帮她提到几十米开外的那块地里，那里有个年轻的女人在用瓢浇地，从她们两人的亲昵的表情不难看出，大概率是一对母女，她们神情疲惫，我坚信她们已经忙碌一整天了。我一口气帮她们提了十几桶水，直到暮色已晚，才和她们挥手告别。我走了好远，回头翘望，在远处闪烁的霓虹灯的映衬下，只见她们的身影变成了两个小小的黑点，消失在沉沉的夜幕中。

日本的大工厂很多，我这次专门去了一家号称全球最大的印刷企业——日本凸版株式会社。一进入它的生产车间，马上就能感觉到扑面而来的紧张工作气氛。里面机器轰鸣，工人个个表情严肃，全神贯注地操作机器，一有空马上在旁边的工作台填写手工或电子生产报表。看不到任何人打手机或交头接耳。

在里面，我不但见识了全球最先进的各式印刷设备，也看到了古董式的老机器，超期服役十几年了，因为良好的日常保养，仍在发挥作用。尤其值得一提的是，在一个印刷车间，我竟然见到一种国内也已不多见的老式丝印机，由于没有安装除味装置，里面弥漫浓浓的油墨味道，一进去，我就感觉想吐。操作机器的是一位年轻的工人，虽戴着口罩，但还是能看到那张略带稚气的脸庞，我在他的脸上没有发现任何不适的表情。只见他往机器里倒入油墨，手持刮板来回移动着，手脚一刻不停。在机器的一旁，堆满了一张张精美艳丽的标贴，等待打包好后，送到库房。

虽然戴着口罩，五分钟不到，我就已经受不了那种呛人的气味，只好匆匆逃出门。后来和厂方代表座谈，我好奇地问他们，这个年轻操作工怎么忍受得了这样恶劣的环境，对方笑着回答，这个工人从他爷爷那一代开始就在这个工厂工作，他们已经适应了，我顿时无语。

那天回旅馆的时候，已是华灯初上，在进入旅馆附近的小巷时，我惊奇地发现，街头竟然歪歪斜斜地树立着国内城市早已绝迹了的木质电线杆，电线纵横交错盘踞在小巷的上空。脱皮的木质电线杆、蜘蛛网般的天线和华丽的现代宾馆构成了一道独特的风景。

回国有几年了，我的脑海里时常会不自觉浮现出曾经的那几个日本人的面孔。

假如时光倒流

——给一个孩子的毕业寄语

近日，一位大学老同学邀请我为他女儿写点类似毕业寄语的东西，他女儿刚小学毕业，人生之幕正徐徐展开。我接到这个邀请时，踌躇了一会儿，深感责任重大，本想婉拒，想到自己的女儿明年也将小学毕业，说不定到那时，作为一个父亲也会和这位老同学一样有和女儿谈心的想法和冲动呢？迟写不如早写，于是我还是应承下来了。

写些什么呢？我不想在孩子们面前冒充一个人生导师，因为，说实话，一是自己不算什么成功人士，没有这个底气；二是，我也真切觉得，没有人有资格当别人的人生导师，父母也不行，所谓的成功人士更不行。

我脑子里突然有了一个念头，如果从此刻开始，时光能够倒流，倒流到少年时代，我会怎么选择我的路？讲讲这些，孩子们会不会感兴趣？

好吧，就这么定了。听“穿越故事”总比听人生导师教诲好吧，孩子们，你们说对不对？

珍惜和亲人在一起的时光

从哪里讲起呢？先从我小学时最遗憾的事情讲起吧。十二岁以前，我有一个慈祥的奶奶，她虽然身着粗布衣衫，但永远是穿戴整齐，头发纹丝不乱。在我的印象里，她脸上总是挂着笑容，从来没有见她发过脾气，哪怕是发一句牢骚。每次淘气挨打，涕泗交流地站在门背后的时候，她总是悄悄盛一碗饭，让我赶紧扒拉扒拉填饱肚子。夏天的晚上，有时电闪雷鸣，我不敢一个人睡，就爬到奶奶的床上，枕在她的臂弯里，我才能安然入睡。每年过生日，她一定会为我准备一个红壳鸡蛋，吃着这个鸡蛋，我知道至少有奶奶惦记着我来到这个世界的日子，我不是可有可无的人。整个少年时代，父母忙着养家糊口，奶奶是我最大的精神支柱。

可是，还没等我成年，她就突然去世了，大大出乎我的意料。我以为，日子会一天天一直过下去，奶奶会一直陪着我长大，直到有一天，奶奶突然瘫倒在床上，用我从没见过的空洞的眼神，瞅着我，嗫嚅着和我告别，到那一刻我才明白，我要永远失去奶奶了，我第一次感到被抛弃的感觉。我除了伤心，更是生气，奶奶怎么会突然离开我呢？实在想不通。直到多年以后，随着爷爷、母亲一个个亲人离我而去，我才真正明白过来，最终所有的亲人都将离开我，不管我愿不愿意。

如果我再回到十岁左右的少年时代，我会珍惜和奶奶相处的每一天，我知道奶奶很快就会离开我，我会抓住一切可能的机会和她待在一起。我会很乐意帮助她打扫房间，帮助她生火做饭，再也不会惹她不开心。在夏天的晚上，我不会撇下她一个人出去玩，我会搬个小板凳到院子里，和她坐在一起在月光下纳凉，竖起耳朵听她讲她年轻时候的事情。在她快去世的时候，我希望我够和她好好告个别，我想亲口告诉她，我是多么感谢她给予了我十多年的美好时光，后面的日子我会好好活下去，我将来会成家立业，生儿育女，让她在另一个世界里放心。

如果时光能够倒流，我想做的第一件事情就是，珍惜和亲人相处的日子。

有一个业余爱好真好

小学时，我不喜欢上课，也不喜欢做作业，所以成绩不好。但是，我有一个爱好——打乒乓球。学校里有两个水泥台子充当乒乓球案子，人多台少，所以大家只好轮流上阵。为了多打几盘，小伙伴发生争抢甚至大打出手是常事。我每天几乎都是最后一个离开学校，很多次因为回家太晚而挨揍。印象最深的一次，我穿着新买的凉鞋上学，担心打球时将鞋子磨坏，就将鞋子放在球台下边，光脚上阵，结果当我最后一个回家的时候，才发现别人将我那双新鞋穿走了，我欲哭无泪，当然回到家里少不了遭受皮肉之苦。年少时候，为这个爱好我吃了不少苦头，但仍然痴心不改，家里大人为此伤透了脑筋，也拿我没办法。

后来，随着年龄渐长，我也慢慢理解了父母的良苦用心，上初中后几乎再也没摸过球拍了，自觉将重心放到学习上，高中毕业后如愿考上了大学。

刚上大学，因为个头小，貌不惊人，加上方言口音重，我在班级里形单影只，一个朋友也没有，心中很是苦闷。没想到，开学不久系里组织了一次乒乓球赛，一下子改变了我的窘境。尽管班里没将我纳入报名名单，我还是主动请缨，要求上场。班长将信将疑，最后还是决定给我这个小个子一次机会。

我知道我的水平不行，更何况很多年没有摸拍子了。但是，我太想体现我的价值了。班里没有人理我，我没有一个朋友，这样下去，我会疯掉的。一周以后就到比赛的日子了，每一轮，我都拼尽了全部气力，一轮轮地拼，最后竟然奇迹般坚持到了决赛。

决赛的日子终于到来了，那天全系几乎所有的同学都赶到比赛现场。上届的冠军，个子高高的，和我站在球台两端，很不协调——一个又高又帅，一个又矮又瘦，说实话，有点“辣眼睛”。比赛开始了，本来我对最后的胜利既没信心，也没有强烈的愿望，但没想到大家拼命为我加油。在现场气氛感染下，我竟然被鼓舞起来了，满脑子只有一个念头：干掉他。对方完全被我的气势吓倒了，连连失误，最后终于回天无力，输掉了比赛。我一下子出名了——不但在系里，也在整个学校。这场比赛，为我赢得了好多朋友，这是后话。

小时贪玩养成的爱好，竟然在十几年后让我在大学里站稳了脚跟，赢得了友谊，这是当初的我万万没想到的。如果时光倒流，我一定不会在后期“懂事”地疏远这个幼时爱好，反而会将更多的爱好如网球、台球带到自己的业余生活中来。

一个人一定要有一个或几个可以相伴终身的爱好，既可以为你赢得友谊，也可以打发很多无聊的时光。

学习是一辈子的事

我原以为，只要在学生阶段好好学习，考个好大学，找个好工作，这辈子就可以高枕无忧了，直到真正走入社会我才知道，学校只是学习生涯的开始，我们这一辈子都得不断学习，否则就会被社会所淘汰。

有了这个认识，我就不会急功近利，我不会把考上好的大学作为唯一的目标。当年，老师和家长，一心想学生考上好的大学，不让我们花太多时间去读课外书，也不让有个人的业余爱好。记得《三国演义》和《水浒传》这两本书，我还是初中一年级读过，到现在也没机会再读一遍。一个学生，哪怕未来从事理科，如果没有从小培养一定的人文素养，那么成年后一定会有遗憾。我不会将课本知识和课外知识对立起来，我会在完成课堂学习的同时，抽时间去涉猎更多的知识，特别是人文方面的知识。

我会在注重学习知识的同时，更注重学习方法的探索。因为，知识是会落伍的，如果掌握了好的、科学的学习方法，我就可以像海绵吸水一样不断去学习新的知识来充实自己。“悬梁刺股“和“闻鸡起舞”这两个办法是以牺牲健康为代价的，短期可以，长期绝对不行。我记得无论是中考还是高考前，都有那样“刻苦”的同学，当时我很佩服他们那种精神，结果我发现到了新的学习阶段后，他们这种劲头根本就没有保持下来。

我目睹了两次“焚书”事件，也是参与者之一，一次是高考结束那天，一次是大学毕业那天。印象最深的是高考结束那天，很多同学将书付之一炬，也有将书一页页撕成碎片，撒向空中。有的同学烧着烧着，哭了，十年寒窗终于熬出头，以后再也不用苦作舟了。大学毕业同样如此，“焚书”几乎成了传统仪式，一届接一届。我毕业那天，因为选择继续深造，无书可烧，在周围情绪感染下，竟然将四年来写的日记统统烧掉了，我这个告别仪式现在想来代价不小。

现在回过头看，焚书行为确实很幼稚，如果把学习当成一辈子的事业，没有毕其功于一役的想法，就不会发生这样的荒唐事。

永远不要抱怨

西方有句谚语：永远不要为打翻的牛奶哭泣。对此我有深刻体会。

小时候，有次母亲为我缝制了一件新衣服，我高高兴兴穿着上学去，那天是下雨天，结果我不小心摔倒了，虽然衣服并没有弄脏多少，但是我内心一直很懊丧，一边抱怨自己，一边将衣服上的泥巴往下扒，结果第二个跟头又来了，而且是更大的跟头。这次彻底完了，衣服上下到处都沾满了污泥，完全没法穿了。

从这件事情可以看出，不论过去发生了什么，不要去抱怨，抱怨只会让事情更糟。泰戈尔不是说过吗，当你还在为错过星星后悔的时候，你正在错过月亮。这个教训让我毕生难忘。

还有遇到困难的时候，我有时会心情不好，总感觉自己怎么那么倒霉。经历多了才知道，人这一辈子就是要和困难做斗争，解决一个，又会来一个，如果这辈子风平浪静，没有遇到任何困难，那也过得没有意思，就像一个平淡无奇的游戏，什么玩家也吸引不了。而且当初看起来难于上青天的困难，回过头来看，都是暂时的，并非不可克服的。爱因斯坦说过:“所有的困难，答案在更高的层次。”正是通过挑战这些困难，我们对世界的认知水平才会提高。

如果能回到过去，我会尽力做到，不为过去的事情懊悔，不畏惧现有的困难和挑战，不为未来忧心。

莫等闲，白了少年头，空悲切

最近，女儿总会不经意地来一句:“爸爸，你头上又多了几根白头发。”每次听到这句话，我就会想起两句名言，一句是“莫等闲，白了少年头，空悲切”，另一句是“一寸光阴一寸金，寸金难买寸光阴”。

在年少的时候，总觉得时间过得很慢，希望自己快快长大，这样就可以摆脱大人的束缚，就可以“天高任鸟飞”。等白发上头，才发现时光流逝是如此迅速，不等你回过神来，少年已是昨日。

如果时光倒流，我不会再祈祷时间过得快些，相反，我将珍惜每一个瞬间，我知道时不再来。珍惜时间，不是说光去顾着学习，而是不虚度光阴，让无聊、空虚绕着走。

我会尽力享受每一个当下，无论是学习还是玩耍。学习的时候，我集中注意力，心无旁骛，什么也打扰不了我；玩耍的时候，我会和小伙伴们开开心心地玩，我要留下最甜的笑脸；独处的时候，我会找一本童话书或者漫画书，在虚拟世界里快乐遨游，要不干脆打开收音机，听听我最爱的校园民谣；只要有机会，我就会用眼睛、鼻子和所有的感官去感受周围的一切，树木、鲜花、湖泊、草地、峰峦……我不想再对大自然的美视而不见。

无论如何，我要度过一段难忘的少年时光。这个世界如此美丽，我们无视它，只因我们缺乏一双慧眼。如果时光倒流，我会像咀嚼薄荷糖一样，细细品尝生活的每一个瞬间！

结　　语

没想到，一落笔，就啰里啰唆写了这么多，还意犹未尽。孩子们一定要理解每一个父亲——当然包括我这个父亲的心理，父亲总是害怕孩子在成长过程中走弯路，怕孩子受伤，所以才会显得喋喋不休惹人厌！其实，我也知道，没有人在学走路的过程中不摔跤，没有人在学游泳的过程中不呛水，以上行文，权当是马后炮吧，如果真的昨日重现，是不是所有的旧坑我都能躲过？说实话，我还真没把握。

绿色摩天轮

早上六点多起来散步，天空灰蒙蒙的，没有一丝阳光，心情也似乎变得有些压抑。漫步在走了无数遍的湖边小径上，两边都是再熟悉不过的风景，或是时候尚早，路上行人不多，四周一片岑寂。

突然，一个绿色的摩天轮映入眼帘，绿色的小座椅一个接一个，相隔不远，组成一个圆圈，摩天轮似动未动，像是在蓄势待发。我愣了一下，定睛一瞧，原来是一棵棕榈树，让人称奇的是，这棵树竟然被修剪成了一个缩微版的摩天轮，这个世上独一无二的摩天轮！我由衷惊叹这个创意的巧妙，不过我宁愿相信园丁是无意的，而大自然是有意的，两者珠联璧合，才不留痕迹地完成了这个浑然天成的作品，这不，它是如此的惟妙惟肖，微风吹过，风姿摇曳，这个绿色的“摩天轮”好像真的转了起来。

我的心情渐渐阳光起来，继续往前走，未料还有惊喜在后头。顺着“摩天轮”的方向，一座红顶塔楼和一座小石桥相继出现在前方视野，在浅蓝色天空的映衬下，风姿绰约。薄雾飘过，它们一会好像远在天边，一会又好像近在眼前，一切显得真实而又虚渺，那个“摩天轮”仿佛倏然将我带入了一个童话世界，半梦半醒的童话世界。

我不自觉地停下了脚步，望着眼前这个熟悉而又陌生的世界，才发现原来有那么多的美藏在其中。

这幅画面充满了和谐之美。很多事物，单独欣赏并无特别之处，但是如果和其他的事物待在一起，和谐地待在一起，美感就出来了。就像眼前的塔、桥、树、天空，还有晨雾，它们之所以能够打动我，首先是因为此刻它们之间的和谐。

你看，颜色是如此的和谐。红的塔顶、白的塔身、绿的树木、灰的桥体、褐的桥墩，还有浅蓝的天空，浑然一体，和谐的色彩让我怦然心动!

形状是如此的和谐。棱角分明的塔身、锥状的塔尖、偃卧的条状桥梁，还有既像开屏的孔雀又像缩微的摩天轮的棕榈树。它们形状互补，大小比例适当，宛如黄金分割般协调。

方位是如此的和谐。天空、白塔、桥梁、棕榈树、矮树篱笆，有远有近，错落有致，一眼望去，宛如一个长景镜头从远往近拉，又从近往远推，身临其境的感觉油然而生。

除了和谐的美，我觉得还有朦胧的美。这种美只可意会，不可言传，就像蒙娜丽莎那神秘的微笑。如果不是雾天，这种场景本不罕见，但是因为蒙上了一层雾，雾里看花，意境就出来了，好比一个窈窕淑女披上了一层若隐若现的薄纱，犹抱琵琶半遮面，更增添了一份妩媚！

为什么过去没有发现这里的别样风情呢？我想来想去，可能还是因为平素关上了想象的大门。这个世界上缺的不是美，而是一双发现美的眼睛和一个充满美的想象的心灵。人们之所以对眼前的景物熟视无睹，是因为自身丧失了对美的想象和追求，其实美一直都在那里，伴随我们左右。有一颗爱美的心，意味着发挥人类与生俱来的想象力，能够在这些平凡的事物中发现大自然的鬼斧神工，体会到人类的匠心独运。就像这个早上，如果离开了想象，绿色的“摩天轮“就不会出现，童话般的世界可能只是一个传说。

也许是日常的琐碎让我们本来敏感的心灵变得迟钝，也许是那些世俗的欲望迷茫了我们的眼睛，也许是匆匆的步履让我们无暇顾及身边的风景。这一切导致我们形如槁木，让我们和身边的美失之交臂。

我们往往遥遥千里去寻找美景，其实只要我们平常稍稍放慢一下脚步，放松一下紧绷的心情，美就会不经意间来到我们身边，就像这个不期而至的绿色“摩天轮”一样。

清明返乡记

清明时节雨纷纷，清明节很少有晴朗天气，今年也不例外。这不，一大早，整个天空灰蒙蒙的，微风细雨如约而至。一起床，就感觉到寒风扑面而来，冷意从体外侵入体内，再反映到意识中，心情不知不觉受到影响，变得凝重起来。

在熬过两个多小时的车程后，我终于在中午前到达了老家——鄂东那个不起眼的小村庄。我打开车门，惊奇地发现雨已经不知不觉停歇了，天空中密布的阴霾也已散去，变得湛蓝清亮。一股久违的香味扑鼻而来，那是各种野花野草混杂的味道，深藏在记忆里家乡的味道。像往常一样，从踏上家乡土地的那一刻起，心情就一下子变得安静平和起来。

祭　坟

清明节最重要的一项活动当然是祭祖。首先是自己的至亲。我回来晚，车子直接开到爷爷和奶奶的墓地附近，正好其他家人也刚刚到达，于是大家一起提着装着祭品、鞭炮和冥币的篮子，深一脚浅一脚往墓地出发。

爷爷和奶奶虽然生长在旧社会，吃了很多苦，但总体上看是一对幸福的老人。在我的印象中，爷爷一直是一副威严的神情，平常言语不多。或许因为年纪大了，他的活动范围很小，一般很少到村子四周闲逛，要么背着双手在房前屋后转悠，要么一动不动坐在堂屋的老式硬木椅子上，看着在地上打滚玩耍的孙辈们。我小时候淘气调皮，经常惹祸，不是打破了碗，就是弄坏了家具，最怕的不是父亲的藤条，而是爷爷的咳嗽和严厉的一瞥。他一咳嗽，我就知道闯祸了，赶紧逃之夭夭。

奶奶是一个乡下小脚老太太，别看慈眉善目，貌不惊人，其实来自我们当地大户人家，娘家世代行医，也是书香门第，早年就有前辈中过进士，被皇帝赐过进士的鎏金牌匾。解放后，因为家境殷实，又有家属逃到台湾地区，娘家被划分为地主，成了批斗的对象。在我的记忆里，奶奶就没有生气过。她和爷爷一样，不背后论人长短，也不生闲气闷气，说话从来都是和风细雨。她每天工作就是帮家人生火做饭，收拾屋里屋外，一刻不得休息。奶奶特别爱整洁，家里摆设虽然简陋，但是灶台上、桌椅上、橱柜和衣柜上，永远干净，不染灰尘。她的头发总是梳得纹丝不乱，身上虽着粗衣布衫，但总是干干净净。她的行为举止，想不透露大户人家的出身都难。

和爷爷不同，奶奶一直是我的“避风港”。每次闯祸受到惩罚，出来圆场的总是她。在挨了一顿责骂后，最后往往是她来安慰我，帮我擦干泪水，偷偷塞上一包她珍藏的零食。她一边佯骂着父母下手重，一边又嗔怪我不听话，以至招来皮肉之苦。最后，结局往往是我躺在床上，挂着未干的泪珠，在她的轻声细语中，沉沉睡去。

爷爷奶奶高寿，都活到八十多岁，走的时候也很安详，无疾而终。他们的坟墓坐落在一个山坡上，绿草如茵的草地上点缀着黄色、紫色、粉色的野花，微风吹过，清香四溢。我猜按爷爷奶奶的性格，他们两个一定会喜欢这个春意盎然的“家”吧。

他们两个人在后辈的心目中是座山，一座只能仰视的人格大山。我拉着女儿一起在他们坟前插上香，恭恭敬敬鞠躬，心中默默祝福他们在另一个世界幸福安康！

祭完爷爷奶奶的坟，我们就驱车到村子后面另一个小山脚下，山上葬着母亲。这是个小山包，上面埋葬的都是本村去世的先人。我们很快找到了母亲的坟墓。她的坟墓就在山包背面山坡上，简简单单一个小土堆，前面竖立着一座墓碑，上面刻着母亲的生卒年月。她的坟和周围那些被精美石刻包围的坟墓相比，显得有些寒碜。作为子女，我有些自责，但转念又想，这说不定正合了母亲生前一贯的俭朴本意：不该花的钱一分不花。

母亲是一个普通得不能再普通的农村妇女，但她却是我们兄弟姐妹四个最大的恩人。她虽是一个弱女子，但是却和父亲一起挑起了维持一家生活的重担。父亲平常在本地小学教书，家里、田地里的活很多时候心有余而力不足；反观母亲，什么重活、累活都干，只要能赚工分，只要能为一家老小赚来糊口的口粮，没有吃不了的苦，没有受不了的累。在我的记忆中，无论是白天还是晚上，她不是在田地里日晒雨淋，就是在打谷场上披星戴月，几乎从来没有休息的时候。

我们那里普通农村家庭的孩子没有读书的传统，加上那时国家还没有实行义务教育，所以村里绝大部分小孩只要上到初中就会辍学。小孩不愿上学，大人们往往求之不得，因为家里不但少了一份开支，还多了一个劳力。也有少数家庭，愿意读书的小孩不止一个，那怎么办呢？通常做法就是从中选一个成绩好的，继续供他读书，其他的小孩就只有一个选择——辍学，小孩抵抗也没用，谁叫家里穷呢？

我们家是一个例外，父亲母亲竟然让我们兄弟姐妹四个全部读完高中，并相继考上大学、中专。父亲有一定文化，有这个觉悟可以理解，母亲大字不识一个，能够和周围的女人持有完全不同的教育理念，真的是太难能可贵了。为了改变子女的命运，让他们跳出寒门，母亲这一辈子吃尽了苦头。我小时候不懂事，经常给大人添麻烦，惹她生气。长大后，看到母亲比男人还辛苦，心中非常难受不安，也逐渐理解她脾气有些不好的原因。

记得还是上高中的时候，有次周末回家，看到母亲竟然为了赚几块工钱，为附近的铁矿卖苦力，同那些年富力壮的男人一道，肩挑着上百斤的矿石，穿梭在乡间小道上。目睹她颤颤巍巍的背影，我心中一阵难过，更恨自己没有本事，心中暗暗发誓一定要考上大学，要赚很多很多的钱，让她再也不遭这样的罪，受这样的苦。

然而终究没有等到报答的那一天。母亲因积劳成疾倒下了。长年的饮食不规律，让她患上了胃病，并发展成胃癌。那一年我还在外地，刚刚参加工作。母亲没来得及看到我领第一个月工资就永远倒下了，我甚至没来得及见她最后一面。

前些年每次站在母亲墓前，心中涛翻浪涌，心痛和悔恨交织，自觉不能原谅自己。近年来，心情才慢慢平复下来。母亲一生最关心的不是她自己，而是子女过得好不好，我想最能报答她的方式也许是自强不息，将来如有缘和她在另一个世界重逢，当面告诉她：儿子没有辜负您的期望，很努力地活过了这一生。

我带着女儿，躬下腰，为母亲送上深深的祝福，希望她在另一个世界能够好好休息，不那么劳累，不用为了别人——哪怕是子女，像一根蜡烛那样去燃烧自己，因为那样的话，子女就可能会因为未能报答那份沉甸甸的恩情遗恨终生。

祠　堂

祭完至亲的坟墓，我们回到村中，完成最后一个程序，那就是祠堂祭祖。家族的祠堂是几年前才修建的，一座两进的两层楼房，标准的中式建筑，双开的厚实木头大门，高高的石头门槛，大门两旁盘踞着两只威严的狮子。大门上方，挂着一个牌匾，上面写着“双井流芳”四个大字，两侧是一副对联，大概内容是描述家族历史的源远流长吧。

走进祠堂，穿过长长的前厅，跨过又一道木质门槛，就到了享堂，那里摆着历代祖先的牌位。

从小就听老人讲我们祖先是三百年前从江西修水县迁徙过来的，怪不得我们的口音和湖北其他地方的方言完全不同。我们江西的先祖还出了一个名人——黄庭坚。他当时住的村庄叫双井村，也就是我们这个家族当初生活的地方，这就是我们祠堂大门挂着的“双井流芳”四个字的来历。没想到我们家族还有如此显赫的历史，每个家族后辈知道后都应该为之欢欣鼓舞吧。不知哪年起，村里祭祖仪式又上了一个台阶，不但要祭拜湖北的祖先，隔两年村里还要派代表去江西祭奠先祖，据去过的人讲，双井村里还建有黄庭坚故居，见到的人都很自豪，认为值得一去。

我们和其他许多民族不同，我们不太信虚无缥缈的神，我们信实实在在的祖先。遇到不解的事情就要查祖先是怎么说的；遇到难办的事情，要查祖先是怎么做的。

我们将祖先牌位安放在专门的地方——祠堂，这个地方除了每逢传统节日供族人祭拜之外，还有其他的功能。据说过去如果有人违反了村规族规，也是在祠堂里受公开训诫或处罚。祠堂成了村民心目中最神圣的地方。

随着社会的发展，祠堂现在没有了处罚族人的功能，但是对于族人——哪怕是少小离家的游子，仍有教化作用。无论你是多年前离开家乡的，回来后都要去祠堂祭拜祖先，你的名字（男丁）也会被列入族谱。如果你取得了功名，那你就是光宗耀祖；如果你身败名裂，那你就是让祖先蒙羞，严重的话，甚至会将你从族谱除名。

现在的祠堂，少了很多传统功能，但是与时俱进，也多了一些新功能，比如活动中心。自从重修了祠堂，村里多了一个宽敞的公共场所，于是村里只要有红白喜事，就在这里举办，长年都是人来人往，好不热闹。

我对从未谋面的先人没有那种天然的膜拜心理，但是入乡随俗，仪式还是要完成的。我缓步进入祠堂，手持三炷香，三鞠躬后，将香插在香案前的香炉里，这才姗姗离去。

短短一天的清明故乡行很快就结束了。回到家中的我，浑身上下就像泡了一次温泉，轻松无比。我突然意识到，或许家乡之于游子就像大地之于希腊神话里的安泰俄斯，我终于明白内心最深处力量的源泉来自何方了。